KB211446

오늘부로 일 년간 휴직합니다

나다움을 찾기 위한 속도 조절 에세이

오늘부로 일 년간 휴직합니다

초판 1쇄 인쇄 2019년 5월 27일
초판 1쇄 발행 2019년 6월 3일

지은이 몽돌

책임편집 문수정
디자인 Aleph design

펴낸이 최현준·김소영
펴낸곳 빌리버튼
출판등록 제 2016-000166호
주소 서울시 마포구 양화로 15안길 3 201호(윤현빌딩)
전화 02-338-9271 Ι **팩스** 02-338-9272
메일 contents@billybutton.co.kr

ISBN 979-11-88545-56-8 03810
ⓒ 몽돌, 2019, Printed in Korea

이 도서의 국립중앙도서관 출판예정도서목록(CIP)은 서지정보유통지원시스템 홈페이지(http://seoji.nl.go.kr)와
국가자료공동목록시스템(http://www.nl.go.kr/kolisnet)에서 이용하실 수 있습니다.(CIP제어번호:CIP2019017517)

나다움을 찾기 위한 속도 조절 에세이

오늘부로
일 년간
휴직합니다

몽돌 지음

빌리버튼 billybutton

아무것도
안 할 용기

1년간 일을 쉬었습니다. 늘 제도권의 안정된 조직 내에서 별다른 굴곡도 일탈도 없이 모범생으로 살아온 저에게는 엄청난 모험과 같았던 시간입니다. 여행자로 길 위에서 시간을 보내고, 백수로 살며 평일 낮의 기쁨을 누렸습니다.

직장에 휴직계를 냈을 때 사람들은 제게 휴직을 하고 무엇을 할 것인지 물었습니다. 저는 무엇 무엇을 하려고 휴직한다는 근사한 핑계를 대었고, 그 대답을 되풀이하다 보니 스스로도 그 핑계를 믿게 되어버렸습니다.

그러나 정작 저에게 왜 휴직을 하느냐고 묻는 사람은 없었습니다. 그랬기에 자신에게 물을 수밖에 없었습니다. 나는 왜 휴직을 하게 되었을까? 산티아고 순례길에서 아무도 없는 드넓고 푸른 보리밭을 걸으며 계속 생각했습니다. 멀쩡하게 직장을 잘 다니던 내가 왜 여기까지 오게 되었을까?

아마 가장 간명한 대답은 '지금 쉬지 않으면 계속 이렇게 살 것 같아서'입니다. 지금 멈추는 시간을 갖지 않으면 늘 살던 대로 살 것 같았습니다. 조급하고 각박하게, 늘 남의 인정을 갈구하면서, 남들이 내게 바라는 것을 하면서 그렇게 살아가게 될 것 같았습니다. 언젠가 용문사 템플스테이에 간 적이 있습니다. 그때 만난 스님은 제게 그렇게 살아서 얼마나 잘 살았느냐고 물었습니다. 언제 죽을지도 모르는 인생인데 남의 시선 따라 사는 게 아깝지 않느냐고 물었습니다. 스님의 한마디는 늘 고민만 하던 저에게 행동할 수 있는 용기를 주었습니다.

사는 방식을 바꿔야겠다고 생각했습니다. 그러기 위해서는 환경의 변화가 필요했습니다. 제가 생각하기에 지금 나의 환경을 바꿀 수 있는 가장 확실한 방법은 근본적 안식기를 갖는 것이었습니다. 저는 항상 뭔가를 더 함으로써 문제를 해결하려고 했던 사람입니다. 더 잘, 더 열심히, 더 많이……. 이번에는 한번 덜어내보기로 했습니다. 안 해보기로 했습니다. 맘껏 게을러지기로 했습니다. 그래서 저는 연봉을 내어놓고 나에게 온전히 집중할 수 있는 1년의 시간을 샀습니다.

돌아갈 곳을 둔 마당에 한번 제대로 놀아보자, 생계를 위한 일이 아니라 내가 좋아하는 일로 하루하루를 채워보자는 저의 다짐은 일상 앞에 빛을 잃곤 했습니다. 휴직은 요술 방망이가 아니었습니다. 회사를 쉰다고 바로 '자존감'이 급상승하는 것은 아니었습니다. 평생 하고 싶은 천직을 만나는 것도 아니었습니다. 아침에 일어나면 그동안 벌지 못할 돈의 액수가 볼드체로 눈앞에 선명하게 떠올랐습니다. 내 안의 비판자는 젊은 애가 벌건 대낮에 일도 안 하고 놀고 있다며 비아냥거렸습니다. 회사 동기들은 내가 세상에서 제일 부럽다고 했지만, 내가 쉬는 동안 그들에게 꾸준하게 쌓일 경력과 돈을 생각하면 문득 나 자신이 초라하게 느껴졌습니다.

불안이 찾아올 때면 요가를 했습니다. 요가 선생님은 절대로 애써 동작을 만들 필요가 없다고 했습니다. 그저 한 동작에 오래 머무르며 천천히 숨을 쉬라고 했습니다. 매일 수련하면서 앞으로 숙이는 전굴 자세를 통해 늘 굳어 있던 하체 고관절을 부드럽게 풀었습니다. 뒤로 젖히는 후굴 자세를 통해 늘 웅크리고 다녔던 어깨와 가슴을 열었습니다. 요가를 몇 달 다닌 어느 날 굳었던 몸이 간질간질해지면서 몸에 피가 도는 것을 느꼈습니다. 코어에 힘이 들어가면서 의욕과 에너지가 살아났습니다. 억지로 잘하려고 애쓰지 않아도, 그저 충분한 시간을 갖고 호흡을 하는 것만으로도 사람은 유연해지고 강해진다는 것을 요가를 통해 배웠습니다.

항상 좋은 아웃풋을 내라고 저를 다그치며 살아왔습니다. 마치 알을 낳는 닭을 대하듯 스스로를 대했습니다. 휴직을 하면서 처음으로 너는 알을 낳지 않아도 된다고, 그 자체로도 가치가 있다고 말해주었습니다. 아무것도 하지 않아도 괜찮다, 돈을 벌지 않아도 괜찮다, 남들에게 좋은 평가를 받지 않아도 괜찮다, 라고 저를 토닥이며 반년을 보내니 놀랍게도 힘이 생겼습니다. 나는 어떤 사람인지, 어떻게 살고 싶은지, 어떤 일들을 벌여 보고 싶은지가 조금씩 보이기 시작했습니다. 아무런 변화 없이 같은 자리로 돌아가더라도, 전과 다르게 살 수 있을 거라는 희망을 품게 되었습니다.

관성에서 벗어나 안 해본 일을 하는 것은 항상 어렵습니다. 열심히 달려온 사람이 잠시 쉬고 싶다고 말하는 건 무척 어려운 일입니다. 겨우 뱉은 말 한마디에 득달같이 '그래서 뭐 할 건데?'라고 캐묻는 사람들 앞에서 작아지지 않으면 좋겠습니다.

길을 찾는 우리에겐 시간이 필요합니다. 우리는 이미 답을 알고 있을지도 모릅니다. 잠시 멈춰 우리 몸과 마음에 귀기울일 시간이 필요합니다. 아무것도 하지 않아도 되는 시간. 어떠한 이로운 것도 하지 않아도 되는 시간. 숨만 쉬면서 보내도 되는 시간. 그런 여백의 시간을 우리 자신에게 허락했으면 좋겠습니다.

처음 회사를 쉬게 되었을 때 많이 불안했습니다. 저

처럼 휴직, 퇴직, 갭이어$^{Gap\ year}$, 자발적 안식기를 감행하며 불안해하고 있을 누군가에게 제 이야기를 나누어 주고 싶은 마음에 글을 쓰기 시작했습니다. 부족한 글을 읽어주실 분들께 감사하는 마음으로, 서문은 경어체로 썼습니다.

— 몽돌

차례

(1) 잠시 이 트랙을 벗어나겠습니다

(2) 오늘부로 일 년간 휴직합니다

(3) 그래서 휴직하고 뭐하니

나는 왜 휴직을 결심하게 되었나

단편 소설 〈유능한 김 차장〉

유능한 김 차장이 그 약을 먹게 된 것은 유능한 이 부장이 김 차장의 상사로 부임한 뒤부터였다.

모두 점심을 먹으러 떠난 어두운 사무실, 김 차장은 부스럭거리는 소리가 나지 않도록 조심하며 가방에서 약봉지를 꺼냈다. 이 부장이 오늘 김 차장에게 쏘아붙인 말들이 귓가에서 울렸다.

김 차장, 영업은 숫자가 생명인 거 몰라? 전월 판매량, 매출, 손익 제대로 기억 못 해?

김 차장은 귓가에 울리는 이 부장의 말을 털어내듯 도리질을 하며 노란 알약 한 알을 손바닥 위에 올렸다.

당신, 전년도 보고서 그대로 타이핑해서 올리라고 회사에서 월급 주는 줄 알아?

이 부장의 말보다 속이 쓰린 것은 그 말에 제대로 대응하지 못했던 자신이다. 그래서 한 알로는 부족하다.

목이 꽉 메어 오는 것을 느끼며 김 차장은 알약 한 알을 더 꺼낸다.

오늘은 두 알이면 될 것이다. 두 알이면 하루치 유능한 사람이 될 수 있다. 김 차장은 알약을 입에 털어 넣고 물을 마셨다. 약봉지에 적힌 약의 이름과 효과를 남에게 들키지 않도록 봉지를 반으로 접어 책상 서랍에 넣었다.

아직 점심시간이 끝나지 않은 사무실에서 그는 혼자 모니터를 켰다. 어두운 밤바다에 홀로 떠 있는 배 한 척이 된 기분이다. 지금이 하루 중 가장 안전한 시간이다. 앞으로 30분 동안은 누구도 그에게 해를 가하지 못한다.

그때 휴대전화 진동이 울리며 화면에 이 부장의 메시지가 떴다.

이 부장님: 김 차장 오후 한 시에 바로 보고받을 수 있게 준비. 숫자는 미리 double-check해서 착오 없도록.

김 차장은 메시지를 읽기만 했는데도 뒷목이 뻣뻣하게 당겨오는 것을 느꼈다. 그는 또다시 뒷덜미를 잡힌

토끼처럼 무력하게 이 부장에게 이리저리 시달리게 될 것이다.

이 부장의 지시를 받은 이후에는 늘 손끝이 차가워졌다. 하지만 약을 먹었으니 괜찮다. 종교가 없는 김 차장에게 약은 지금 그를 보호해줄 수 있는 유일한 신이었다. 김 차장은 신에게 기도하듯이 눈을 감았다. 그리고 차가워진 손을 꼭 잡고 앉아 약효가 온몸에 퍼지기를 기다렸다.

◇

처음부터 김 차장이 약에 의존하는 사람은 아니었다. 오히려 김 차장은 입사할 때부터 돋보이는 존재였고, 동료와 선배들로부터 독하다는 소리를 들으며 악착같이 일해 특진까지 이룬 사람이었다.

토할 것 같이 힘들다는 회사 생활이지만, 김 차장처럼 말 그대로 토하면서 회사를 다니는 사람은 드물 것이다. 입사 후 김 차장에겐 온갖 험한 일들이 주어졌다.

마치 얼마나 잘하는지 보자 하는 것처럼. 해외 중요 거래처와의 첫 미팅을 위해 김 차장은 호텔과 식당, 차량을 예약했다. 당시 사원이었던 김 차장은 미팅에서 입을 뗄 수 있는 직급은 아니었다. 그러나 러시아어를 할 수 있다는 이유로 상사는 특별 지시를 내렸다.

너 러시아어 전공이라며. 쟤네 접대할 때 같이 들어가.

네? 제가 왜 거길…….

가서 러시아어로 이제 앉으세요, 뒤집으세요, 이런 말 해줘야 할 거 아냐. 걔네 한국말 몰라. 전공을 이럴 때 써먹어야지.

다행히 러시아 거래처의 상무는 부끄러움을 아는 사람이었기에, 김 차장은 방 안으로 들어가지 않고 문 앞에 서 있는 것으로 그날의 접대를 대신할 수 있었다. 그날 김 차장은 화장실 변기를 부여잡고 모든 것을 게워

냈지만 보고 들었던 일들까지 게워내진 못했다. 입이 험하기로 소문난 해외 주재원과 통화를 한 날에도, 꽉 막힌 지원팀에게 기어이 결재를 얻어낸 날에도 김 차장은 혼자 화장실에서 토했다. 그렇게 꼬박 한 달을 토하고 나니 어떤 일도 견딜 수 있었고 아무것도 무섭지 않았다.

김 차장은 입사 후 눈을 제대로 뜨고 다닌 적이 없었다. 매일 반복되는 야근으로 인해 심한 안구 건조증에 걸렸기 때문이다. 매일 실눈을 뜨고 다니던 김 차장은 입사 3년 후 대리 특진자 명단에 자신의 이름이 있는 것을 보고 깜짝 놀라 충혈된 실눈을 크게 떴다. 낮에는 눈도 뜨지 못하고 밤에는 토하며 버텨온 김 차장의 3년상에 대한 보상이었다. 엑셀 한구석에 박혀 있는 이름 석 자는 이제 이곳에서 자리잡아도 된다고, 네 자리는 여기라고 말해주는 것 같았다. 상사들은 김 차장의 어깨를 지긋이 감쌌고 동기들은 부러움의 시선을 보냈으며 후배들은 축하 선물로 인공 눈물을 선물해주었다. 김 차장의 동기는 아직까지도 김 차장이 본인의 대리 특진 축하연에서 한 말을 기억한다. 그리고 매번 그의 독함에 혀를 내두르며 이렇게 말했다.

내가 화장실에 갔는데 걔가 옆 칸에서 토하고 나오더라고. 그래서 내가 너 술도 잘 못하는 애가 왜 그렇게 마셨냐, 그랬지. 그랬더니 걔가 입을 헹구면서 딱 한마디 하더라. '이렇게 안 하면 안 되니까.'

'토하며 버텼다' 이 이야기는 김 차장이 회사 생활 적응에 어려움을 겪는 신입 사원 면담에서 단골로 꺼내놓는 레퍼토리가 되었다.

난 그때 정말 토하면서 버텼어. 너는 그때의 나에 비하면 훨씬 낫다고 생각하는데, 네 생각은 어떠니?

이 얘기를 들은 신입 사원은 김 차장 앞에선 고개를 끄덕였지만, 속으론 당장 그의 앞을 떠나 화장실로 달려

가고 싶은 충동을 느꼈기에 면담은 10여 분 만에 종결되곤 했다. 김 차장의 면담을 거친 신입 사원은 대개 불평불만을 멈추고 입을 조개처럼 다문 채 일에 몰두하게 되었다. 그걸 본 김 차장의 상사들은 유능한 김 차장은 신입 사원 지도도 참 잘 하는구나, 하고 흐뭇해했다.

김 차장이 자신의 유능함에 의심을 품게 된 건 이 부장을 상사로 만난 뒤부터였다. 명태같이 마른 몸에 훈장 같은 꼬장꼬장함으로 유명한 이 부장은 발령 첫날 김 차장에게 내년도 사업전략보고서를 만들어오라고 시켰다. 김 차장은 실눈을 뜨고 밤을 새워 완벽한 보고서를 작성하였지만 자간을 수정하는 데에 집중한 나머지 그가 30만불을 300만불로 잘못 썼다는 것을 발견하지 못했다. 이 부장은 김 차장의 보고 자료만 믿고 CEO 앞에서 내년에 매출을 300만불로 성장시키겠다고 침을 튀기며 발표했다. 자신의 열정적인 발표에 스스로 감화된 이 부장은 자리에 돌아온 뒤에야 보고서의 숫자가 틀렸음을 알게 되었다.

김 차장, 자료 검수 안 했어? 그렇게 보고했는데 이제 어떡할 거야?

김 차장은 원래 몇 번이고 자료를 수정하고 검토하는 사람이었기 때문에 그날 숫자를 틀린 건 그로서도 믿을 수 없는 일이었다. 그는 뜨거운 주전자처럼 화를 내뿜으며 씩씩거리는 이 부장에게 고개를 몇 번이나 조아리며 죄송합니다, 실수했습니다, 를 반복했다.

그날 이후 이 부장은 김 차장이 작성한 어떤 자료도 신뢰하지 않기로 작정한 것처럼 보였다.

김 차장, 이 표의 숫자랑 전에 보고한 표의 숫자가 하나도 안 맞잖아.

김 차장, 올해 제품목표판매량이 얼마지? 전년비 상승률은 몇 퍼센트야? 아니, 그걸 바로 대답 못하면서 담당이라고 할 수 있어?

김 차장, 이 데이터는 지원팀에서 월요일에 준 자료를 기준으로 한 건가? 뭐! 전주 금요일 자료를 그대로 사용하면 어떡해?

김 차장은 이 부장의 작고 찢어진 눈에서 자신에 대한 불신과 모멸감을 보았다. 그 눈앞에서 김 차장은 세상에서 가장 작은 사람이 되었다. 이 부장 앞에만 서면 뻔히 아는 이야기를 더듬고, 몇 번을 외운 매출 관련 숫자를 잊어버리고, 미괄식 보고로 이 부장을 답답하게 만들었다. 김 차장은 실수를 만회하기 위해 늘 실눈을 뜨고 몇 번씩 검토한 뒤에 제출했지만, 이 부장은 번번이 김 차장이 마지막까지 발견하지 못한 실수를 찾아냈다.

김 차장은 자신의 무능함에 스스로 당황했다. 잔뜩 긴장하며 보고 자료를 준비해도 희한하게 늘 뭔가를 틀렸다. 이 부장에게 변명하면서 또 다른 실수가 발견되어 두 배로 혼이 나기도 했다. 잔뜩 빨간 줄이 그어진 보고서를 받아 다시 자리에 앉으면 눈앞이 침침하고 어지럼증이 느껴져 몇 분간은 아무것도 할 수 없었다.

김 차장은 이 부장이 자신을 세워놓고 보고서를 잘근 잘근 씹을 때마다 같은 부서 박 대리와 신입 사원이 키득거림을 참으며 메신저를 주고받는 것을 발견했다. 둘이 어떤 얘기를 하고 있을지는 뻔했다. 분명 이토록 한심한 김 차장에 대한 험담을 하고 있을 것이다. 복도를 휘청휘청 걸어가는 김 차장의 귀에 둘의 메신저 대화가 맴돌았다. 김 차장은 이대로 그냥 사라져버렸으면 좋겠다고 생각했다.

계속된 실수와 질책으로 넋이 나간 김 차장은 이 부장에게 첨부 파일을 잘못 보내는 실수까지 저질렀다. 외근을 나간 이 부장이 김 차장에게 전화를 걸어 작년도 4분기 대표이사 보고자료 중 서른두 번째 수정본을 보내라고 했는데, 김 차장은 3분기 대표이사 보고자료 스물세 번째 수정본을 보낸 것이다. 뒤늦게 실수를 깨달은 김 차장이 발신 취소를 하려고 했지만 이미 늦었다. 휴대전화가 울리는 소리에 김 차장의 심장은 쿵 하고 내려앉았다.

김 차장, 내가 4분기 서른두 번째 거라고 몇 번을 말했어? 이제는 첨부 파일도 체크 안하고 보내나?

죄송합니다. 다시 보내겠습니다.

됐어. 방금 박 대리가 보냈어. 정신 좀 차려.

김 차장은 체면만 아니면 어디 조용한 곳에 숨어 울음을 터뜨리고 싶었다. 토하면서 얻어낸 성취와 평판이 허무하게 그의 손을 떠나고 있었다. 되돌리려 노력할수록 바닷물을 뜰채로 뜨려고 하는 사람처럼 점점 더 바보가 될 뿐이었다.

김 차장은 자기객관화가 잘되는 사람이었다. 그가 이 부장 앞에서 바보 같아지는 이유가 자신이 정말 무능해서가 아니라 이 부장에 대한 공포와 불안감 때문임을 알았다. 다시 유능해질 방법을 찾아야 했다. 인공 눈물을 사용하여 안구 건조증을 완화했듯이, 불안감을 덜어주는 약을 복용해 다시 유능한 자신으로 돌아가고 싶었다.

김 차장은 병원을 찾았다. 노란 벽지를 바른 진료실은 햇살이 가득했다. 둥근 안경을 낀 의사는 김 차장이 본인의 증상을 설명하자 걱정스러운 표정을 지었다. 우선 여러 증상들에 대해 가끔, 자주, 전혀 없다 등 빈도수를 체크하는 설문지를 작성했다. 알고 있는 과일 이름을 말해보라는 질문이나, 그림을 보고 무엇을 묘사한 것인지 말해보라는 등의 질문을 받자 마치 유치원을 다니는 어린 아이가 된 것 같은 기분이 들었다. 긴 검사를 마친 후 의사에게 약을 처방받았다.

하루에 두 번, 한 알씩 드시면 됩니다. 사람에 따라 졸림이나 어지럼증 등의 부작용이 있을 수 있어요. 일단 복용해보고 부작용이 있으면 약을 바꾸죠.

약을 한 알 먹은 날, 김 차장은 오랜만에 마음이 편안해지고 안정되었다. 이 부장 앞에서도 크게 긴장하지 않고 보고를 진행했으며 이 부장이 전주 판매량과 매출을 물었을 때도 막힘없이 대답했다. 그날은 깐깐한 이 부장도 김 차장의 보고에서 흠을 찾아내지 못했다.

약을 두 알 먹은 날, 회식 자리에서 김 차장은 처음으로 팀원들에게 SNS에서 본 농담을 던졌고 그의 농담에 신입 사원은 깔깔거리고 웃다가 술상의 젓가락을 떨어뜨릴 뻔했다. 박 대리조차 입을 실룩거리며 웃음을 참았다. 약이 그를 뻔뻔하게 만들었는지, 심지어 김 차장은 처음으로 이 부장에게 잔을 건네며 '아이 부장님, 많이 챙겨주시는데 제가 참 모자라네요', 하며 맨정신에는 하지 못할 말도 던질 수 있었다. 이 부장은 '어허, 이러면 안 되는데, 김 차장이 주는 잔인데 받아야지', 하며 붉어진 얼굴로 흡족해했다.

그 약은 적어도 김 차장에게 전혀 부작용이 없었다. 오히려 뭍에서 버둥거리다 물로 돌아온 물고기처럼 다시 유능해진 기분이었다. 약을 복용한 뒤부터 회의 석상에서도 떨지 않고 차분하게 하고 싶은 발언을 할 수 있었다. 이 부장이 이런 자료 개나 줘라, 하고 던져버려도 담담하게 다시 하겠습니다, 하고 말했다. 박 대리와 신입 사원이 뒤에서 킬킬거리는 것을 보아도 크게 마음 쓰지 않고 넘겼다. 저녁 아홉 시에 이 부장이 퇴근하며 새로운 숙제를 던져도 큰 괴로움 없이 일필휘지로 보고서를 작성했다. 그리고 다음 날 아침 자신이 전날 밤 작성한 문서를 보며 내가 어제 이런 걸 썼단 말인가, 하고 감탄하곤 했다.

———————◇———————

약을 먹은 지 반년이 지났다. 뿌듯한 하루를 마치고 자정이 거의 다 되어 퇴근하는 길에 김 차장은 문득 자신이 점심에 무엇을 먹었는지 도무지 생각나지 않는다는 걸 깨달았다. 그 밖에도 그날 있었던 일들이 아주 오래 전에 있었던 일처럼 기억이 잘 나지 않았다. 오늘 회의에서 자신이 한 많은 말들도, 박 대리와 신입 사원이 어떤 지점에서 그를 비웃었는지도 뿌연 안개 속에 가려진 것처럼 희미했다. 마치 술을 마시고 필름이 끊긴 듯 그의 기억에 구멍이 숭숭 뚫려 있었다. 김 차장은 오늘 하루 분명 유능했는데, 정확히 어떻게 유능했는지 기억나지 않았다.

상황 판단력이 대단히 뛰어난 김 차장은 건망증의 원인이 약의 부작용 때문이란 걸 알았다. 김 차장이 먹는 약은 업무 능력을 끌어올리는 대신 기억력을 저하시켰다. 두세 알의 알약이 선사한 하루치 유능함은 하루치 망각과 뒤바꾼 것이었다.

김 차장은 선택을 해야 했다. 의사에게 이 약의 부작용을 이야기하고 약의 복용을 중지하거나 다른 약을 복용해야 했다. 하지만 김 차장은 세상에 공짜는 없고 모든 약에는 부작용이 있다고 생각했다. 김 차장은 계속 유능하기를 택했다.

사실 회사 생활을 유지하는 데에 많은 기억이란 필요치 않았다. 업무에 관한 것이 아니라면 대부분의 기억들은 하루 뒤에 사라져도 좋았다. 소리지르는 이 부장, 자신을 견제하는 동료들, 버릇없는 후배들, 일상의 무료함, 불편한 점심 식사, 괴로운 회식 등. 망각이 주는 편리함은 잘만 이용하면 업무 효율을 높이는 데에 큰 도움이 될 것 같았다.

　김 차장은 매일 약을 복용했다. 대신 어김없이 찾아올 망각에 대비하여 업무 진행 사항들을 빼곡하게 노트에 기록했다. 메일과 회의록은 따로 저장했고 모든 통화 내용을 녹음했다. 업무 노트를 작성하고 있는 김 차장의 표정은 마치 생애 마지막 소설을 집필하는 작가처럼 비장하고 진지했으며 흥분으로 가득차 있었다. 만약을 대비해 이 부장에 대한 내용은 부록으로 상세하게 기록해 두었다. 그가 무슨 술을 좋아하는지, 점심 식사 자리에서 최근 시사 뉴스에 대해 어떤 코멘트를 했는지, 그의 딸은 어떤 대학에 수시 원서를 넣고 있는지 등등.

　약을 먹은 지 1년이 지났을 때, 김 차장은 감정도 잊고 사람도 잊고 업무만을 기억하는 경지에 이르렀다. 더 이상 손이 차가워지지도 않고 목이 죄어오지도 않아 일하기 수월했다. 그가 구축한 기록 매뉴얼에 의해 대부분의 실수는 걸러졌다. 빼곡한 업무 수첩 하나를 들고 텅 빈 그림자처럼 출근과 퇴근을 반복했다. 집과 회사를 잘 오가기만 하면 그 외에는 걱정할 것이 없었다. 이 때가 입사 후 김 차장이 가장 유능했던 시기였다.

약을 먹은 지 1년 반이 지나자 김 차장은 기억하고 싶은 것만 기록하고 듣기 싫은 것은 잊어버렸다. 거리낌없이 하고 싶은 말을 하고 하루 뒤엔 잊어버렸다. 무례한 사람에게는 똑같이 무례하게 화를 냈다. 김 차장의 당당한 태도에 팀원들은 그를 전보다 존중했고 조금 두려워하는 것처럼 보였다. 이 부장은 김 차장의 달라진 태도에 놀랐는지 더 이상 김 차장의 보고서에 대해 야단치지 않았다. 박 대리는 김 차장을 어르신처럼 깍듯이 대했다. 이제 신입 티를 벗고 말이 없어진 신입 사원이 화장실에서 김 차장 팔을 살짝 잡으며 '차장님 많이 힘드시지요', 했을 때 왜 울컥 눈물이 나려 했는지는 모를 일이다. 사실 그들이 무슨 말을 하건, 어떤 행동을 하건 상관없었다. 몇 시간만 지나면 기억나지 않았다.

드문드문 기억이 나는 날들이 이어졌다. 몇 번의 분기별 실적보고서를 쓰고 몇 번의 회식을 했다. 눈을 감았다 뜨면 한 분기가 지났다. 코트가 두꺼워졌다 다시 얇아질 즈음, 업무 수첩에 꼼꼼히 기록하는 것으로도 건 망증을 이길 수가 없어지자 김 차장은 부작용에 대해 의사에게 이야기하기로 마음먹었다. 알약을 처방해 준 의사를 찾아가 그간의 증상을 설명했다.

그동안 말씀을 못 드렸는데, 이 약이 부작용이 좀 있는 것 같아요. 불안 증세는 그동안 복용하며 많이 사라졌 는데, 건망증이 심해졌고 항상 멍한 느낌이 들거든요.

의사는 걱정스러운 얼굴로 그를 바라보았다. 그간의 처방 기록을 살펴보며 물었다.

이 약을 얼마나 드셨죠?

김 차장의 약물 오남용을 한심하게 생각하는 것 같은 얼굴이다. 김 차장은 마치 야단맞고 있는 것 같은 마음 이 들었다.

아마 제가 약을 좀 많이 먹었나봐요. 한 번 먹을 때 보통은 한 알, 많이 힘들면 두 알을 먹었어요.

의사는 김 차장의 얼굴을 찬찬히 뜯어보았다. 정말 두 알만 먹었는지 의심하는 것 같은 표정이었다. 김 차장은 급히 말을 이었다.

아, 증세가 정말 심할 때는 세 알을 먹은 적도 있기는 하지만 그런 적은 몇 번 없었어요.

의사는 안타까움을 참는 것 같았다. 약물에 의존하는 이런 한심한 환자 같으니, 하고 금방이라도 혀를 끌끌 찰 것만 같았다. 김 차장은 자기가 큰 잘못을 한 것처럼 느껴져 자세를 고쳐 앉았다. 의사는 진료 일지에 몇 가지 단어를 휘갈겨 쓰면서 새로 처방을 내려주었다.

병세가 전보다 많이 안 좋아진 것 같군요. 다른 약을 처방해드릴 테니 이젠 그 약을 드세요. 용법과 용량을 잘 보시고, 절대 그 이상은 드시면 안 됩니다.

김 차장은 의사의 말에 고개를 끄덕였다.

김 차장은 오랜만에 해가 떠 있을 때 집으로 돌아왔다. 햇살이 쏟아지는 거리를 걷고 있으니 모든 것이 괜찮은 것 같은 기분이 들어 콧노래가 절로 나왔다. 택시에서 내려 빠른 걸음으로 들어와 집의 문을 열었다.

아무도 없을 것 같았던 집 안에 한 아이가 식탁에 앉아 우유에 만 시리얼을 먹고 있었다. 아이는 김 차장을 돌아보며 우유가 묻은 입술로 그를 엄마! 하고 불렀다.

엄마, 왜 이렇게 일찍 왔어요? 데리러 가려고 했는데.

응, 오늘은, 하고 입을 떼었는데 갑자기 일찍 귀가한 이유가 생각이 나지 않는다. 아마 창문에서 오후 햇살이 강하게 쏟아졌기 때문일 것이다. 한 줄기 햇살이 김 차장이 신고 있는 하이힐을 지나 발등 위에 드리워졌다가 현관 신발장 위에 달린 거울로 이어졌다.

김 차장은 거울 속 자신을 본다. 창백해진 얼굴의 여성이 김 차장을 멍하니 응시한다. 정수리에 있는 흰 머리 몇 가닥과 눈 밑의 주름, 화장기 없이 듬성듬성한 눈썹을 본다. 순간 이 여자가 누구지, 하는 생각이 든다.

아이가 식탁에서 일어나 현관으로 걸어와 김 차장의 팔을 부축한다.

엄마, 아빠랑 같이 병원 다녀온 거 아니었어?

김 차장은 마치 처음 보는 것처럼 딸을 본다. 딸의 존재가 아주 오랜만에 알게 된 사실처럼 느껴진다. 오늘 강한 햇볕을 쬐었기 때문일까, 멍하니 정신이 없다. 김 차장은 핸드백 안에 약봉지가 비스듬히 꽂혀 있는 것을 본다. 단정하게 반으로 접힌 약 봉지를 펴고 노란 알약 사진 옆에 적힌 약의 효능을 읽는다.

중증 알츠하이머형 치매 증상 치료

김 차장이 마치 그림을 해독하듯 그 글자를 가만히 바라보고 있는 것은 아마 그가 햇살에 눈이 부셔 아직 실눈을 뜨고 있기 때문일 것이다.

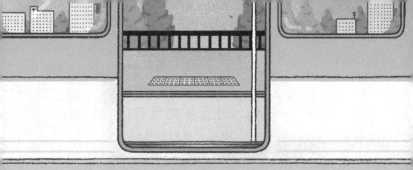

(1)

잠시 이 트랙을 벗어나겠습니다

얼그레이
스님과의
차담

남 눈치를 보고 살아서 얼마나 잘 살았습니까

양평 용문사 템플스테이 중 '스님과의 차담'이라는 프로그램을 신청했다. 내심 굉장한 노승과 면담하게 되지 않을까 기대했는데, 차담 장소에 나와 계신 분은 내 또래의 젊은 남자 스님이었다. 게다가 참가자가 나밖에 없어 정식 차담보다 더 편안한 분위기에서 진행되었다. 스님은 차 봉지를 뒤적뒤적 거리더니, "얼그레이, 좋아하십니까." 하고 물었다.

"아 예. 얼그레이 괜찮아요."
"네, 이 얼그레이는 참 장미향이 강하네요."
"네. 그러네요."

스님과의 차담이 아니라 마치 또래 남자와 카페에 온 듯한 느낌이었다.

스님은 어떤 고민이 있어 이 절을 찾게 되었느냐고 물었고, 나는 화가 자주 나는 것이 고민이라고 말했다. 특히 회사에서, 다른 사람들에게 일을 미루거나 본인의 일을 제대로 하지 않거나 직급을 이용해서 남을 억누르는 사람들을 보면 화가 나서 주체할 수 없다고 했다.

스님은 그런 내게 화를 내는 게 무슨 문제냐고 물었다.

"그야 화를 내면 우선 제 건강에 안 좋고……. 관계에서도 후폭풍이 있어서요."

"어떤 경우에 주로 화가 납니까?"

"상대가 뻔뻔한 행동을 하거나, 부당한 행동을 요구할 때 화가 나요. 회사에서 아직 연차가 낮은데 이럴 때마다 제가 화를 내서 평판이 나빠질까 겁이 납니다."

"만약 본인 옆에 화를 잘 내는 사람이 있다면 어떻겠습니까?"

"그냥 성격이 그러려니 하겠지만 아무래도 인격수양이 덜 된 사람으로 볼 것 같습니다."

"화를 내면 안 되는 게 남의 시선 때문입니까?"

"네, 아무래도 남들이 저를 이상한 사람으로 생각할 수 있으니까요."

스님은 내게 말했다.

"그렇게 남 눈치를 보고 사셔서 얼마나 잘 사셨습니까? 그냥 화를 내야겠다, 화를 내고 싶다고 생각하면 내세요. 저항이 있을 겁니다. 저놈 미쳤다 할 거예요. 그래도 하는 겁니다. 왜? 그렇게 하고 싶으니까.

저는 이른 나이에 출가를 했습니다. 이대로 살면 그저 남의 시선, 남의 눈치에 이리저리 휘둘리며 살 것 같아서요. 인생 길 것 같지요? 사실 그렇게 길지 않습니다. 언제 죽을지도 모르는데 남의 시선 따라, 남의 생각 따라 사는게 아깝지 않나요?

자기 중심이 강한 사람은 작은 바람에 흔들리지 않습니다. 용문사 천 년 된 은행나무를 보십시오. 뿌리가 깊어 폭풍이 몰아쳐도 끄떡 않습니다.

그런 자기 중심이 있어야 합니다. 스스로 계속 암시를 주세요. 강한 존재라고. 나는 강하고 단단한, 뿌리 깊은 나무 같은 존재라고.

저는 절에 들어올 때, 새로 법명을 받았습니다. 새 이름을 받고는 내 주관대로 결정하고, 행동하고, 남 시선 따라 살지 않으려 했습니다.

그렇게 몇 년이 지나니 이제 속세의 이름도 다 잊었습니다.

오늘부터 그렇게 새 이름 받았다고 생각하고 새 삶을 살아 보시기 바랍니다. 한 번 사는 인생, 어깨 펴고 강하게, 당당하게 사십시오."

남 눈치를 보고 살아서 얼마나 잘 살았냐는 말이, 어쩌면 진부할 수도 있는 그 말이 내 가슴속 가장 가렵고 막힌 부분을 긁어주었다. 사실 나는 화를 내고 싶었던 것이다. 시원하게 할 말 하고, 자기표현하고, 그로 인한 저항까지 감수할 용기를 내고 싶었다.

그렇게 남 눈치 보고 살아서 얼마나 잘 살았냐고?

잘 살지 못했다.

항상 신경성 위염을 달고 살았다. 잎새에 이는 바람 같은 작은 비난에도 최선을 다해 괴로워했다. 나를 비난할 것 같은 사람들을 피하려 좋은 기회를 기꺼이 포기하기도 했다. 남들이 뭐라고 할까 두려워서 목구멍까지 올라온 말들을 삼켰다. 꾹 참다 겨우 진심을 말하면, 그들은 '네가 어떻게 이러니. 너 착한 애 아니었어? 실망이다.'라고 말했다. 나는 그런 반응에 뾰족한 바늘에 찔린 것처럼 아파서 어쩔 줄 몰라 하곤 했다. 사실 그런 반응을 보인 사람들은 내게 별로 중요한 사람도 아니었고 나에게 그만큼 관심도 없었는데 말이다.

그렇게 이리저리 휘둘렸던 것은 내 중심이 얕았기 때문이다. 할 말을 할 수 있어야 했다. 원한다면 화도 낼 수 있어야 했다. 화를 내지 않더라도 남을 의식해 참는 게 아니라 내 선택으로 결정했어야 했다.

오랫동안 내 마음속에서 곪아가고 있던 '난 모두에게 착해야 한다, 사랑받아야 한다'는 종기를 내심 젊다고 무시했던 얼그레이 스님이 쿡 찔러 터뜨려주었다.

식어버린 얼그레이 차를 마저 마시고 나오는 길, 가을 하늘은 더 파랗고 낙엽은 더욱 빨갛게 보였다.

템플스테이 의상을 반납하고 버스를 타러 가기 전 용문사의 천 년 된 은행나무 앞에 들렀다. 은행나무는 잎이 다 떨어져 앙상한 모습이었지만, 울타리에 걸린 사진을 보니 아직도 가을이면 단풍이 들고 열매를 맺는 모양이었다.

　잠시 손을 모으고 서서, 이 나무처럼 단단한 중심이 있는 사람이 되게 해달라고 소원을 빌었다.

부장님,
면담 요청
드립니다

첫 번째 휴직 시도

부장님, 면담 요청드립니다.

눈을 질끈 감고 메시지를 보냈다. 심장이 뛰었다. 동상에 걸린 것처럼 피부가 따끔따끔했다. 엔터키를 누르기까지 많은 시간과 용기가 필요했다.

부장님이 메시지를 읽었다. 주사위는 던져졌다.

그래, 지금 가지.

부장님의 칼답에 나는 지금까지와는 다른 세계로 다이빙한 것 같은 느낌이 들었다.

우리 층의 회의실은 월말 매출을 챙기는 건실한 일꾼들로 가득차 있었기에, 1층에 있는 회의실에서 면담을 하기로 했다. 부장님과 엘리베이터를 타고 내려가는 길. 엘리베이터가 한 층, 한 층, 내려갈 때마다 나를 둘러싼 견고하고 안정된 건물이 쿵, 쾅, 쿵, 쾅 무너져내리는 기분이었다. 내가 이 말을 하면 이제 이 건물에 가득한 몇천 명의 사람들은 나와 아무 관련이 없게 된다. 덜컥 겁이 났다. 방금 전까지만 해도 여길 떠날 마음이 섰다고 생각했는데, 갑자기 모든 층을 눌러서 엘리베이터가 내려가는 것을 막고 싶은 마음마저 들었다.

나는 줄곧 회사를 왜 다니는지 모르겠다고 생각했다. 그런데 엘리베이터가 1층으로 내려가는 짧은 시간 동안, 나는 사람들이 회사를 왜 다니는지 알 것 같았다. 내가 그토록 싫어한 권태는 곧 달콤한 안정감이었다. 따박따박 들어오는 월급은 내가 돈에 구애받지 않고 입고 먹고 여행 다닐 수 있게 해주었다. 매일 부딪히는 밉고 따가운 사람들도 어쩌면 가시나무로 된 담장처럼 나를 더 추운 세계로부터 보호해주었는지도 모른다.

1층에 도착해 엘리베이터 문이 열렸다. 로비의 큰 유리창을 통해 오후 햇살이 따갑게 쏟아지고 있었다. 이때까지 사무실에 갇혀 일만 하느라 제대로 햇살을 쮠 적이 없었다. 휴직을 하면 매일매일 이 햇살과 마주하게 될 것이다. 좋을 줄 알았는데, 이상하게도 나에게 쏟아질 엄청난 시간들이 두려워졌다.

부장님과 둘이서 회의실에 들어가 앉았다. 나는 이미

던진 주사위를 능청스럽게 주워 담지 못했다. 원래 계획대로 부장님에게 휴직을 하고 싶다고 말씀드렸고, 그는 다음 주까지 좀 더 생각해보라고 했다.

그날 밤 혼자서 휴직의 대차대조표를 몇 번이고 그려보았다. 휴직을 한 내 모습, 휴직을 하지 않은 내 모습을 몇 번이고 시뮬레이션했다. 휴직 후 할 수 있는 많은 즐거운 것들을 나열했다. 그러나 그보다 더 선명한 것은 엘리베이터를 내려가며 느낀 불안감과 오후 햇살이 안겨준 두려움이었다.

그 다음 날, 나는 부장님께 휴직하지 않겠다고 말했다. 나는 모험을 동경했을 뿐, 사실 안정이 더 소중했던 것이다.

집에 돌아와 어린아이처럼 펑펑 울었다. 주말 내내 신경성 위염과 근육통을 동반한 감기몸살을 앓았다. 하루 연차까지 쓰고 나서야 몸을 겨우 추스를 수 있었다

첫 번째 소심한 휴직 시도는 이렇게 실패로 끝났다.

나의
미어캣 같은
엄마

그럼에도 왜 나는 떠나지 못하는가

어렸을 적 가족들과 즐겨 보던 TV 동물 프로그램에는 맹수의 왕 사자부터 매일 잠만 자는 나무늘보까지 다양한 동물이 등장했다. 아빠는 수사자의 위엄을 부러워했지만 내가 가장 좋아했던 동물은 사막의 파수꾼 미어캣이었다.

미어캣은 전체 몸길이가 성인 남자 팔뚝만 한 작은 동물이다. 어디서 침입할지 모르는 천적을 경계하기 위해 늘 수십 마리가 무리를 지어 산다. 그것만으로 모자라 미어캣은 돌아가며 보초를 서는데, 그 자세가 마치 잔뜩 긴장한 사람처럼 보여 귀엽다. 여러 마리가 까치발을 하고 서서 목은 위로 길게 내밀고 손은 아래로 가지런히 모은 채 꼼짝 않고 먼 곳을 응시한다. 어렸을 때부터 나는 미어캣의 이런 모습이 예민하고 걱정 많은 엄마와 닮았다고 생각했다.

마른 체격에 자그마한 어깨를 가진 엄마는 30년째 초등학교 교사로 근무하고 있다. 엄마는 내게 늘 교대에 가라고 했다. 엄마의 인생에서 가장 잘한 일은 여자에게 대학 교육 따위 필요 없다던 외할아버지에게 단식 투쟁으로 맞서 교대에 진학한 것이었다. 자기가 교대에 가서 초등학교 선생님이 되지 않았더라면 50이 넘은 나이에 어디 가서 선생님 소리 듣고 살겠냐는 것이다.

교대를 갓 졸업한 엄마는 집에서 한참 먼 도시로 발령이 났고, 그 핑계로 하숙집을 구해 집을 나왔다. 타지에서 한 교실에 4, 50명 되는 아이들을 상대하느라 몸무게가 37킬로그램까지 내려갔다고 한다. 몇 년 지나 볼이 다시 토실해질 무렵, 엄마네 하숙집에 서른 살 노총각이 세 들어 살기 시작했다. 잘 다니던 대기업에서 공정 과정에 비리가 있는 걸 목격하고 호기롭게 사표를 던지고 나온 사람이었다. 회사는 그만뒀지만, 그의 눈앞엔 인도에 해외 파견을 가서 보았던 이국적인 풍경과 찬란한 색채들이 여전히 어른거리고 있었다. 더는 조직에 얽매이지 않고 배를 타고 전 세계를 떠돌며 사는 것이 그의 꿈이었다.

엄마는, 본인의 말에 따르면, 이 대책 없는 노총각을 얼른 구제해주고 싶었다 한다. 두 사람은 인근 성당에 함께 다니기 시작했고, 6개월 뒤 세례명을 받고 결혼식을 올렸다. 신혼 생활을 채 1년도 누리지 못하고 첫째 아이가 태어났다. 그때 엄마는 스물일곱, 지금의 나보다도 어린 나이였다.

3개월도 쉬지 못하고 복직하여 매일 40명의 어린 짐승들과 부대끼는 어린 엄마에게, 시도 때도 없이 울음을 터뜨리는 아기는 감당하기 어려운 존재였을 것이다. 엄마는 시부모, 시누이, 친정 동생 등 가리지 않고 이 사람 저 사람의 손을 빌려 아이를 키웠다. 이후 대학에 가서 심리학 서적을 읽게 된 나는 세 살 이전 양육자를 무수히 바꾼 엄마 탓에 불안정한 정서를 갖게 되었다고 원망했다. 엄마는 그런 말 하면 안 된다, 네가 얼마나 여러 사람의 사랑을 많이 받은 아이인데, 라고 응수했다.

어린 내 눈에 교사는 남의 자식 챙기느라 자기 자식을 챙길 여력이 없는 직업으로 보였다. 본인 학급의 학예회를 준비하느라 정작 자신의 딸이 학예회에서 사회자를 맡아도 보러 오지 못했다. 대신 아빠와 할머니, 고모까지 와서 힘껏 박수를 쳐주었지만 그것으로는 부족했다.

엄마는 예민하고 체력도 약한 편이라, 학생들을 챙기는 데에 에너지를 다 써버려 퇴근 후에는 늘 피곤해했다. 매일 아홉 시 뉴스도 다 못 보고 꾸벅꾸벅 졸았고 내가 엄마, 엄마 하고 깨우면 마치 무서운 꿈을 꾼 것처럼 소스라치게 놀라며 깼다. 엄마는 한 주의 시작은 토요일을 기다리며, 한 해의 시작은 방학을 기다리며 직장 생활을 버텼다.

나는 퇴근 후 지쳐서 뻗어 있는 엄마를 보면서 엄마가 나를 별로 좋아하지 않는다고, 귀찮아한다고 생각했다. 동화책에 나오는 현명하고 자애로운 엄마들은 도대체 어디에 있는지 궁금했다. 엄마에게 꾸중을 듣고 서러움이 북받치는 날엔 눈물을 흘리며 일기장에 썼다. 저 사람이 내 엄마일 리 없다고. 진짜 엄마는 어디 다른 데에 있는 게 분명하다고.

엄마는 내게 많은 시간을 주지 못했지만 다른 부분은 부족함이 없도록 신경을 썼다. 철 따라 옷을 사주었고 배우고 싶다는 것은 모두 배우게 해주었다. 한 가지 인색한 것이 있다면 칭찬이었는데, 선생 딸이 공부 잘하는 것은 당연한 일이고 못하는 것은 부끄러운 일이었기 때문이다. 내가 비로소 엄마를 자랑스럽게 만들며 대학에 합격한 날, 엄마는 아빠를 졸라 평소에는 잘 마시지도 않던 술을 마시러 나갔다. 술집에 있던 사람들에게 내 딸이 XX대 붙었어요, 나는 이제 세상에 부러울 게 없어요, 하고 큰소리로 자랑을 했다고 한다.

처음 상경을 하던 2월의 어느 날, 엄마는 서울로 출발하는 버스 앞에서 나에게 이것저것 잔소리를 해댔다. 세상이 얼마나 위험한지, 서울이 얼마나 추운지, 빙판길이 얼마나 미끄러운지를 얘기하는 엄마에게 나는 걱정하지 말라고, 내가 알아서 잘하겠다며 엄마의 말을 자르고 버스에 올랐다. 출발하는 버스 안에서 엄마에게 이제 들어가라고 손을 흔들었지만, 엄마는 미어캣처럼 서서 나를 계속 바라보고 있었다. 버스가 모퉁이를 돌아 시야에서 사라지고 나서야 엄마는 딸이 이제 본인이 보호해 줄 수 없는 세계로 영영 떠났음을 실감했을 것이다.

스무 살에 처음 만난 서울은 과연 자유의 공간이었다. 대학에서 나는 누구의 눈치도 보지 않고 자유롭게 살았다.

아니, 사실 그러지 못했다. 살고 싶은 대로 살고 싶어서, 중간고사 시험지를 백지로 내며 '재수강할 테니 C를 주세요. 죄송합니다.'라고 쓰고 나오는 길에 휴학계를 냈다. 내가 휴학을 했다고 통보하자 엄마는 말 그대로 몸져누웠다. 아빠의 말에 따르면 엄마는 드라마 주인공처럼 흰 수건을 머리에 두르고 끙끙 앓았다고 한다. 뉴스의 온갖 무서운 기사들이 엄마를 짓눌렀다. 낮은 취업률, 20대 우울증, 20대 자살률 등등.

나는 휴학한 뒤에 고향집에 내려와 잠을 자며 시간을 보냈다. 엄마는 늘 열심히 살던 아이가 갑자기 종일 잠만 자는 것을 걱정했다. 하루는 내 방에서 문을 잠그고 불을 끈 채 이어폰으로 크게 음악을 듣고 있었다. 밖에서 쿵쿵 소리가 나서 문을 열었더니 엄마가 내 방 문고리를 잡고 울고 있었다. 엄마는 내가 방문을 잠그고 무슨 무서운 짓을 저질렀을까 봐 무서웠다고 했다. 나는 "내가 왜 그럴 거라고 생각해? 엄마는 내가 그렇게 약한 사람으로 보여?" 하고 짜증을 냈다. 엄마는 아니면 됐다고 하며 미어캣처럼 어깨를 움츠리고 서서 조금 더 울었다.

복학을 한 뒤에 취업을 준비하며 자기소개서를 쓰고 면접을 볼 때, 나는 존경하는 인물로 늘 아빠를 언급했다. 정과 의리를 믿는 아빠는 한 사람에게 다섯 번이나 보증을 서줬다가 큰 금액을 떼였다. 한동안 집 주변에 이상한 사람들이 서성거렸고 아빠는 집에 들어오지 못했다. 잘나가던 영업 사원이던 아빠는 월급이 압류되어 가족에게 아무것도 해줄 수 없는 상황이 되었다. 하지만 아빠는 사필귀정을 굳게 믿는 특유의 낙천성을 발휘하여 그래도 이만한 게 어디냐, 사업하다 돈 잃은 셈 치자며 허허 웃었다. 집안 곳곳 눈에 보이는 곳마다 '웃음과 여유', '지혜롭게, 더 지혜롭게'라는 말을 써붙이고 그 세월을 견뎌냈다. 언젠가 모든 문제가 해결되어 당당하게 〈전국노래자랑〉에 나갈 수 있는 그 날을 기다리며. 나는 면접에서 이 이야기를 하며 아빠의 긍정적인 면과 강한 멘탈을 존경한다고 했다. 내 말을 들은 면접관은 아버지의 멘탈보다는 어머니의 멘탈이 더 존경스러운 것 같다고 했다. 나는 한 번도 그렇게 생각해본 적이 없다는 것에 스스로 놀랐다.

집에 아빠를 찾는 전화가 계속 걸려오고, 엄마가 매번 "애 아빠 이제 집에 안 들어와요. 나도 정말 어디 갔는지 알고 싶어요."라고 둘러대며 전화를 끊기 바빴던 그 시절을 떠올려본다. 엄마에게 아빠가 집안 곳곳에 써 붙인 '웃음과 여유'가 과연 얼마나 도움이 되었을까? 우리 가족이 가장 힘들던 시절 가족의 보초병은 아빠가 아닌 엄마였다. 엄마가 작은 발로 굳세게 서서 항상 긴장을 늦추지 않고 망을 본 덕에 우리 가족은 그 시기를 넘길 수 있었다.

누구에게 물려받은 멘탈 덕분인지 모르지만 나는 여러 번의 시도 끝에 취업에 성공했다. 그럴듯한 명함과 다달이 월급을 받는 대가로, 엄마가 그랬듯이 주말을 기다리며 버티는 인생을 살게 되었다. 엄마와 달랐던 점이 있다면 나를 뽑아준 회사는 저녁이 없기로 유명했고 방학도 당연히 없었다는 것이다. 밤늦도록 불이 꺼지지 않는 화장실에서 잠시 기대어 쉬고 있을 때면 옆 칸에서 익숙한 통화 내용이 들렸다. 어머니 서윤이 감기약 잘 먹었어요? 라든가, 어 민지야 엄마 금방 가니까 조금만 기다려, 같은.

쓸데없이 잘 웃는다는 소리를 듣던 얼굴은 점차 표정이 없어졌다. 매일 상사의 말 한마디 한마디에 어깨를 뾰족하게 곤두세웠기 때문에 퇴근할 때가 되면 어깨가 돌처럼 단단하게 뭉쳐 있었다. 내가 뭘 해도 회사는 변하지 않는다는 무기력함과 어디 가서 일해도 비슷할 거라는 체념이 어깨 위에 차곡차곡 쌓이자 사람들은 그것을 경력이라고 불렀다. 나는 잘 참은 대가로 경력 4년차 사원이 되었다.

회사를 그만두고 싶었다. 한 살이라도 젊을 때 회사를 그만두고 세계 일주를 떠나고 싶었다. 내 마음은 이미 남미의 우유니 사막의 냄새를 맡고 히말라야의 하얀 설산을 바라보고 있는데, 내 몸은 미어캣처럼 눈치만 보고 있었다. 꿈과 현실의 간극이 깊어지자 회사에 출근하기만 하면 온몸이 따끔거리고 아팠다. 변하고 싶어 아픈 건지 이대로 있고 싶어 아픈 건지 알 수 없었다. 이대로 살긴 싫지만 모험을 감행할 용기는 없었고, 여행을 꿈꿨지만 그것이 지금 갖고 있는 걸 다 버리고 떠날 만큼 가치가 있는지 확신하지 못했다. 의사는 내게 말했다.

"사람에겐 두 가지 성향이 있는데, 하나는 유해한 것을 피하고 안정을 취하려는 성향이고 또 하나는 새로운 것에 도전하고 모험을 감행하는 성향입니다. 이 두 가지 성향이 똑같이 높은 사람은 결정의 상황에 어느 한쪽을 택하기가 힘이 들겠지요."

내가 갖고 있는 안정 추구 성향은 엄마에게, 모험 추구 성향은 아빠에게 물려받은 것이 분명했다. 모험을 꿈꾸는 미어캣으로 태어났으니 괴로울 수밖에 없었다. 중요한 결정의 순간마다 이 두 가지 성향은 "엄마가 좋아? 아빠가 좋아?"를 묻는 짓궂은 친척처럼 나를 괴롭혔다. 나는 그럴 때마다 번번이 안정 쪽에 손을 들어주고 모험은 조금 뒤로 미루곤 했다. 그랬기 때문에 나는 번듯

한 이력서를 만들 수 있었고 엄마의 자랑스러운 딸이 될 수 있었다. 하지만 모험에 대한 동경은 해결되지 않은 숙제처럼 남아서 책을 읽다가도, 라디오를 듣다가도 마음 한구석이 아팠다.

내가 취업을 하고 몇 년 뒤, 동생도 졸업을 하고 대기업에 취직했다. 오랜만에 내려간 고향집 식탁엔 이제 '웃음과 여유' 대신 고 정주영 회장이 소떼를 몰고 판문점을 넘는 사진이 "이봐, 해보기나 했어?", "시련은 있으나 실패는 없다." 같은 그의 어록과 함께 끼워져 있었다. 동생 취직 축하 겸 가족이 다같이 저녁을 먹은 날, 운전대에 앉은 아빠는 뒷좌석에 자식 둘을 앉혀 놓고 한국 경제를 책임지는 두 대기업에 자식들이 취직해서 든든하다며, 수출과 내수를 모두 해결할 방법을 찾은 영의정이라도 된 듯 껄껄 웃었다. 엄마는 그런 아빠 옆에서 동생에게 1~2년만 다니다 안정적인 공무원 시험이나 준비하라고 속삭였다.

이제 동생도 취직했으니 은퇴하고 쉬고 싶다는 엄마에게, 엄마 나 회사 관두고 세계 일주하고 싶은데, 라는 말을 할 수 있을까. 이제 걱정 많은 엄마는 전세계의 테러 동향까지 살피며 다시 어깨를 움츠리고 뉴스를 볼 것이다. 이미 보고 있던 만혼과 고령 임신에 대한 기사에 더해 청년 취업률에 대한 기사를 찾아 읽을 것이다. 다시 방황하는 딸 앞에서 아빠가 동경한 벤처 정신, 모험과 낭만은 엄마의 "그러니까 내가 진작에 교대 보내라고 했잖아."라는 말 앞에 빛이 바랠지도 모른다.

밤중에 혼자 오도카니 앉아 내 전화를 기다릴 엄마의 뒷모습을 생각한다. 오늘도 내 사원증은 반질반질 윤기를 더해간다.

라라랜드 보고
휴직한 사람

살짝 미쳐도 괜찮아

나는 내가 휴직 의사를 번복했다는 것이 부끄러웠다. 이젠 정말 쉬어야겠다고 생각했는데, 무엇이 나를 붙잡았던 걸까? 사실 회사를 떠나고 싶지 않았던 걸까?

이 일을 통해 나 자신에 대해 더 알 수 있었다.

나는 내 생각보다 준비되지 않은 상황에 큰 불안감을 느끼는 사람이었다. 스스로를 변화와 모험을 꿈꾸는 낭만주의자, 이상주의자라고 생각했지만, 사실 나는 현실주의자와 안전주의자에 가까웠다. 아니, 정확히는 두 가지 성향이 다 강한 욕심 많은 사람이었다. 두 가지 선택의 기로에 있을 땐 이것도 저것도 놓지 못하고 쩔쩔매다 대세를 따라 안전한 선택을 하곤 했다.

회사원의 삶을 살게 되면서 나는 환경과 업무의 영향으로 조금 더 안정을 중시하는 성향을 갖게 되었다. 모험을 꿈꾸는 동기들은 입사 1, 2년차에 하나둘을 시작으로 다 떠났다. 남은 이들은 매일 반복적인 생활과 매달 들어오는 월급의 달콤함을 잘 아는 사람들이었다. 점심시간이면 모여 앉아 드라마 〈미생〉에 나온 '회사가 전쟁터라면 밖은 지옥이다.'라는 말을 성경처럼 외웠다. 업무의 성격도 위험 요인을 예측하고 그것을 관리하는 일의 연속이었기에 나는 회사 밖의 인생에서도 갑작스러운 변화를 두려워하기 시작했다. 비행기표와 숙소만 정해 훌쩍 여행을 가던 사람이 엑셀로 여행 계획표를 짜기 시작했다. 없으면 없는 대로 쓰던 사람이 만일을 위해 '경조사비' 통장을 따로 만드는 사람으로 변했다.

그렇다면 이런 내가 휴직이라는 모험을 하기 위해서는 철저한 백업 플랜이 필요하다. 휴직을 하겠다고 했을 때 내가 느낀 불안 요소들은 복직 후 부서를 옮기게 될 수도 있다는 것과 진급 누락, 그리고 휴직을 했을 때의 분명한 계획이 없다는 점이었다.

나는 1년에 걸쳐 이 불안 요소들을 하나씩 제거했다. 새 부서에서 열심히 일하고, 내가 기여할 수 있는 포인트를 작게나마 찾았고, 좋은 평가를 받았다. 그 결과로 진급을 했다. 글쓰기 수업을 통해 내가 원했던 것을 다시 정리하는 시간을 가졌다. 그리고 그 외 여러 진로 탐색을 통해 휴직 후의 플랜 A, B, C를 마련했다.

불안 요소를 제거했음에도 관성을 깨고 "저 휴직하

겠습니다."라고 말하는 것은 어려웠다. 어제까지 했던 일을 오늘 또 하는 것은 쉬운 일이다. 그러나 어제 하지 않은 일을 오늘 새로 시작하는 것은 어려운 일이다. 그 것보다 더 어려운 일은 어제까지 해오던 일을 더 이상 하지 않겠다고 하는 것이다.

차일피일 결정을 미루던 어느 날, 출근길에 멍하니 버스 창밖을 바라보다 이런 생각이 들었다.

'만약 오늘 출근하다가 사고가 나서 죽는다면, 나는 순 순히 네, 하고 저 세상으로 못 가겠다. 잘 살아보겠다 고 맨날 걱정하고 준비만 하면서 살았는데, 하고 싶은 일 근처에도 못 가고 죽어서……. 그게 한이 되어 구천 을 떠돌 것이 분명하다. 출근길 경부 고속 도로 어딘가 에 지박령이 돼서 출근하는 직장인 다리 부러뜨리는 저급한 귀신이 될지도 모른다.'

정말이지 그런 귀신이 되고 싶지 않았다.

그날부터 나는 내 선택을 무조건 지지해줄 사람들만

만났고 내 선택에 괜찮다고 말해줄 책과 영화들만 보기 시작했다. 영화 〈라라랜드〉도 그중 하나였는데, 주인공 미아의 노래, 〈Audition(The fools who dream)〉을 몇 번이고 반복해 들었다.

A bit of madness is key

To give us new colors to see

Who knows where it will lead us?

약간의 광기는 그동안 우리가 보지 못한

새로운 색깔을 보게 해줄 거야

그게 우리를 어디로 데려다줄지 누가 알겠니

살짝 미친 사람 앞에 놓일 알록달록한 인생이 궁금해 졌다. 'A bit of madness is key'라는 가사가, 'A bit of madness is okay(살짝 미쳐도 괜찮아)'로 들리기 시작했다. 차가운 센 강에 맨발로 몸을 던지고도 그 경험을 후회하지 않던 미아의 이모처럼, 나는 한번 충동에 몸을 던져보기로 했다.

몇 번의 면담을 걸쳐 휴직 날짜를 확정했다.

결국 사람을 새로운 선택으로 이끄는 것은 철저한 준비가 아니라 상상력과 충동이다.

나는 유순하고 착한 귀신이 될 것이다.

곧
쉬러
갑니다

휴직을 앞둔 사람의 변화

마음껏 못생겨지고 있다. 앞으로 단정한 오피스룩 따 윈 필요가 없다고 생각하니 쇼핑의 욕구가 사라졌다. 몇 벌의 옷으로 일주일을 돌려 입는다. 마스크 팩 한 묶음 을 사놓고도 귀찮아서 하지 않는다. 휴직하면 잠만 자도 피부 미인이 될 것이다. 살이 찔까 늘 경계하던 간식, 야 식도 그냥 먹는다. 나는 옆자리 차장님이 주신 초콜릿 하나도 고이 서랍에 넣어놓았다가 정말 힘들 때 꺼내 먹는 절제의 아이콘이었다. 그러나 이제는 모니터를 보 면서 과자를 먹고, 밤 열 시에 김밥을 우적우적 씹어 삼 키면서 이상한 해방감을 느낀다. 다이어트가 무슨 소용 인가, 휴직하면 숨만 쉬어도 살이 빠질 텐데! 곧 근거 없 는 확신이었음을 알게 되었지만.

예전보다 주말 약속이 많아졌다. 전에는 주말엔 무조 건 조용히 집에서 쉬었다. 약속을 잡더라도 대부분 토요 일에 잡았고 일요일 오후부터는 집에 있었다. 나는 혼자 있을 때 에너지를 충전하는 내향적인 사람이므로, "그 러면 나중에 너무 피곤해."라는 말로 선을 긋고 약속의 상한선을 정했다. 항상 충전기 근처를 벗어나지 못하는 배터리 같았다. 이제는 곧 긴 충전의 시간을 가질 수 있다는 생각에 그냥 막 밖으로 나간다. 최근에 새로운 사람들을 많이 만나고 있는데, 오랜 시간 밖에 있음에도 소모하는 에너지보다 새로 받아오는 에너지가 많은 것 같아 신기하다.

일이 전보다 잘 된다. 이제 곧 떠날 것이라는 생각에 오히려 일을 일로 대하게 된다. 갈등이 두려워 남에게 강하게 업무 요청을 하지 못했는데 전보다 "요청한 자료 오늘까지 꼭 주서야 해요."라는 말을 더 쉽게 한다.

여기까지는 하고 가야겠다고 생각하니 오히려 맡은 일에 책임감을 느낀다. 이렇게 큰 조직에서 나 한 사람 따위, 금방 대체가 된다는 것은 충분히 알고 있다. 그래도 내가 없는 자리가 조금은 표가 났으면 좋겠다고 생각한다.

앞으로 나는 1년여의 시간 동안 돈은 없고 시간만 많은 사람이 된다. 그동안 공부한답시고, 일한답시고 너무 재고 살았다. 가족에게도, 친구에게도 나는 '열심히 사는' 사람이었다. 심지어 동네 미용실의 아주머니마저

"학생은 왜 그렇게 매일 빨리 걸어 다녀? 많이 바빠?"라고 할 정도였다. 입사한 뒤에는 "일이 너무 많아."라는 말을 내심 자랑처럼 생각했다.

이제 나는 시간 부자가 되려 한다. 사랑하는 사람들에게 내 시간을 기꺼이 내어주고 싶다. 엄마와 아침 드라마를 보고 친구들 회사 앞에 찾아가 점심을 먹는, 천하제일 백수의 삶이 나를 기다리고 있다.

예시 없는
인생

휴직하고 뭘 할까

휴직을 결심하고 나서 열심히 무급 휴직의 참고 사례를 찾아다녔다. 나처럼 경력의 중간을 잘라먹고 월급 한 푼 안 받으며 '근본적 안식기'를 택한 사람들의 삶을 엿보고 싶었다. 남들은 뭐 하고 살았나? 어찌 살면 좋다던가? 계획 다 세워놓았다고 큰소리 뻥뻥 쳤지만 실은 불안했다. 블로그나 잡지, 신문에서 찾을 수 있는 휴직은 대부분 출산 직후의 육아 휴직 또는 임신을 준비하는 난임 휴직이었기에 내 삶의 참고 자료로 삼기엔 무리가 있었다. 심지어 구글에서 찾은 갭이어 관련 기사들마저 30대 후반에서 40대의 중간 관리자의 은퇴에 대한 글이 대부분이었다. 어쩌다 나와 비슷한 사유로 휴직하는 사람의 블로그를 찾으면 퇴근길에 건조한 눈을 비벼 가며 모든 포스팅을 탐독했다.

그렇게 시력이 안 좋아지던 어느 날, 내 휴직의 예시는 어디에도 없다는 생각이 들었다. 각자의 인생이 다른데 무엇을 참고하고 무엇을 따라 한단 말인가. 남의 인생을 참고하는 게 아니라 나 자신의 경험과 시행착오에 기반해서 인생을 써나가야 하는 게 아닐까? 중요한 결정의 순간마다 늘 나에게 빛나는 인사이트를 선사하는 대학원 친구가 그랬다. 이미 연구가 많이 되어 있고 참고문헌도 많은 주제가 오히려 논문 쓰기가 더 어렵다고. 참고할 게 별로 없는 주제가 논문 쓰기에 더 좋다고.

나는 검색을 멈추고 나 자신을 들여다보기로 했다. 그리고 원래는 비공개로 혼자만 끄적이려 했던 휴직의 기록을 브런치 매거진을 통해 조금씩 공개해보기로 했다. 내 이야기가 누군가에게 도움이 될 수 있는 작은 예시가 되었으면 하는 바람으로.

밖으로 나와,
안이 더
위험한 곳이야

불안과 마주하기

무슨 거창한 궤도를 따라가다 탈선하는 것도 아니고, 적을 걸쳐놓은 상태에서 안전한 모험을 하는 것임에도 불구하고 마음이 쪼글쪼글해졌다. 무급으로 쉬는 것, 고과 불이익, 진급이 밀리는 것, 평판이 나빠지는 것 등등. 걱정을 시작하면 끝이 없었다. 가장 큰 문제는 내가 내 휴직에 대해 걸고 있는 기대감이 매우 높다는 것이었다. 기대가 크면 실망도 큰 법. 큰 발전 없이 돌아올 가능성이 확률상 더 높다고 생각하니 휴직도 전에 복직이 두려워지려 했다.

"고작 휴직 갖고 뭘 그래!"

불안해하는 나에게 사람들이 말했다.

"아직 젊고, 돈이야 나중에 벌면 되잖아!"

맞는 말이었다. 하지만 나에게 더 큰 힘을 준 충고들은 이런 것이었다.

"그래, 원래 큰 결정하고 나면 마지막까지도 이게 맞나 싶고 그러는 거야. 근데, 곧 괜찮아질 거야."

중대한 결정도 큰 고민 없이 내지르는 친구들이 있다. 그런 친구들은 동물적인 직감으로 '이건 아니다! 정말 아니야!'를 금방 알아챈다. 매몰 비용을 아까워하지 않고 금방 손을 떼고 다른 길을 찾아나선다. 일단 결정한 일에 대해서는 크게 고민하지 않는다. 만약 실패하면? 그건 그때 생각하자. 입사 1년 차, 2년 차에 회사를 나간 친구들은 대부분 이런 타입이었다. 나는 이런 친구들이 너무 좋았다. 심플하고, 러블리했다.

반면 나를 포함하여 선택을 하기 전까지 몇 번이고 고민하고, 종이에 써보고, 그려보고, 여러 사람들한테 상담받고, 점 보러 다니고, 그러고도 선택을 못 내리고, 선택을 내린 뒤에도 불안해하는 사람들이 있다. 한 번도 정해진 궤도를 벗어나 본 적이 없는, 늘 어딘가에 소속되어 있었던 사람들. 손에 쥔 것은 다 잘하고 싶어 하고, 만인에게 좋은 소리 듣고 싶어 하는 사람들이 고민을 끝까지 놓지 못한다.

주말에 나와 비슷한 고민을 하면서 퇴사를 꿈꾸는 친구 한 명과 같이 커피를 마셨다. 그 친구도 퇴사를 생각하며 대차대조표를 몇 번씩 써본 사람이다. 타로점도 여러 번 봤다. 그녀는 나에게 이렇게 말했다.

> "다 그만두고 쉬고 싶은데 이 회사 나가면 인생이 망할 것 같아서 퇴사를 못 하겠어. 회사를 다닐수록 더 용기가 없어지는 것 같아."

내가 봤을 때 이 친구는 동네 마트에서 일하더라도 영업 매출을 따박따박 잘 챙겨서 점주의 사랑을 받을 아이였다. 그렇게 불안해할 필요가 없는데, 우린 왜 이렇게 불안해하는 걸까?

친구를 만나고 돌아오는 길, 따뜻해진 날씨에 머플러를 벗었다. 봄이 오고 있었다. 아직 살랑살랑 봄바람이 불기엔 멀었지만, 쌀랑쌀랑 찬 바람 끝에 따뜻한 햇살이 겨울의 끝자락을 걷어내고 있다.

종일 바람 부는 날, 밖을 보면

누가 떠나고 있는 것 같다

바람을 위해 허공은 가지를 빌려주었을까

그 바람, 밖에서 부는데 왜 늘 안이 흔들리는지

종일 바람을 보면

간간히 말 건너 말을 한다

밖으로 나와, 어서 나와

안이 더 위험한 곳이야

- 이규리, 시집 〈최선은 그런 것이에요〉 중 '허공은 가지를'

    집으로 가는 지하철에서 친구에게 위의 시를 보냈다. 금방 답신이 왔다.

밖은 춥고 안은 위험하니 어디로 가란 말인가?

그 답변마저도 너무 우리다워서 웃음이 나왔다.

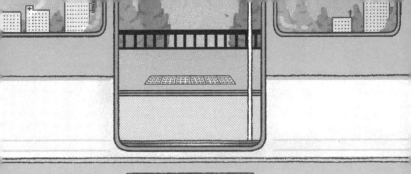

(**2**)

오늘부로 일 년간 휴직합니다

오늘
휴직합니다

봄에 길 떠나는 마음으로

드디어 마지막 날이었다.

마무리하지 못한 업무들을 오전 중에 다 마치고, 오후부터는 인수인계 관련 메일을 보냈다. 오전까지 열심히 업무 요청 메일을 보내다, 오후부터는 "그런데 제가 이제 휴직을 하게 되어서요!"라고 선언하는 재미가 쏠쏠했다.

마지막 며칠은 환송회로 긴 밤을 보낸 터에 회사에서도 계속 술에 취해 있는 것만 같았다. 내 피의 반은 맥주고 반은 와인인 듯 복도를 거니는 내내 속이 꿀렁거렸다. 같이 일하던 부장님이 내가 휴직한다니 아쉽다고, 그동안 정말 잘했다고 말해주었을 때, 갑자기 얼굴에 열이 오르며 살짝 눈물이 나려 했던 것도 분명 숙취 탓이었을 것이다. 같이 일했던 사수가 같이 일할 수 있어서 좋았다고, 네가 잘 도와줘서 덕분에 정말 편하게 일할 수 있었다고 했을 때 목이 메어왔던 것도 분명 숙취 때문이다.

떠날 날짜는 잡고 가진 술자리는 정말 즐거웠다. 이제 더 이상 여기 소속이 아닌 나에게, 사람들은 사실은 나도 떠나고 싶었노라고, 지금도 떠남을 꿈꾼다고 털어놓았다. 그 순간만큼은 그들이 더 이상 과장, 차장이 아니라 아직 젊고 꿈 많은 30대 후반의 오빠와 40대 초반의 언니로 보였다. 회사가 아니라 어디 게스트 하우스에서 만났더라면 신나게 인생 이야기를 나눴을 사람들이다. 업무로 엮이는 바람에 서로 늘 가면을 쓰고 지냈을 뿐이다. 만약 계속 회사를 다녔더라면 사적인 시간을 공유하지 않았을 사람들과 이제 회사 밖에서 약속을 잡을 수 있게 되었다. 돈을 잃고 사람을 얻은 것일까? 비록 그 약속들이 빈말에 그친다 하더라도 지금의 느낌만으로 좋다.

자리를 비우고 사람들과 작별 인사를 하고, 오랜만에 햇살이 가득한 시간에 버스를 타고 퇴근했다. 평범한 오후의 거리가 마치 처음 접한 것처럼 낯설다. 신학기의 기분이다. 모든 것이 낯선 새내기가 된 것 같다. 자연스럽게 나는 10년 전 봄, 대학의 교실로 돌아가 영시의 한 소절을 떠올렸다.

항상 구름 같은 선한 미소를 지으셨던 교수님께서 유

일하게 강제성을 갖고 내어주신 숙제. 중세 영문학 작품 《캔터베리 이야기》의 'General Prologue'를 외우라는 것이었다.《캔터베리 이야기》는 봄이 만개한 어느 4월에 여러 순례자들이 모여 성인의 무덤이 있는 캔터베리 성지로 떠나면서 시작된다. 창밖으로 벚꽃이 흐드러진 4월에, 학생들이 한 명씩 돌아가며 중세 영시를 노래하듯이 읊던 장면. 그 낭만적인 숙제 검사 덕에 나는 아직도 캔터베리 이야기 첫 소절을 입으로 기억한다.

> 4월의 감미로운 빗줄기가
>
> 3월의 건조함을 속속들이 꿰뚫고
>
> 모든 줄기가 그 생명력의 물기에 흥건히 적시어지고
>
> 그리하여 꽃들이 피어나고,
>
> (중략) 자연이 그들의 가슴에 춘심을 자극하여
>
> 뜬눈으로 온 밤을 지새운 작은 새들은
>
> 애욕스런 노랫소리를 쉴 새 없이 지저귄다
>
> 이때 사람들은 순례를 염원하게 된다
>
> - 제프리 초서,《캔터베리 이야기》

순례란 말에 새가슴처럼 콩닥거리던 마음이 조금은 차분해졌다. 만물이 생동하는 봄, 중세의 순례자들이 봄바람에 설레는 마음을 이기지 못해 멀고 험한 순례길을 자원해 나선 것처럼, 나 역시 원래 있던 곳을 잠시 떠나 나 자신만의 순례를 시작하려 한다. 성인의 무덤이 아니라 나 자신을 찾는 여정이라는 점이 다를 뿐이다. 왜 휴직하냐는 질문에 늘 얼버무리곤 했는데, 어쩌면 나를 휴직으로 이끈 힘은 바로 그 춘심인지도 모르겠다.

4월이 오고 있다. 순례를 시작하기 좋은 계절이다.

휴직
첫날

휴직자의 리듬에 적응하기

휴직 첫날은 마치 하루짜리 평일 연차를 쓰듯 바쁘게 보냈다. 보통 출근하는 사람이 일어나는 시간에 일어나서, 병원 두 군데를 돌며 진찰을 받고 보험을 청구할 영수증을 받아왔다. 운동을 등록하고, 중고 서점에 들러 《까라마조프가의 형제들》을 샀다. 회사원이 된 이후로 단문 위주의 글에 익숙해져 긴 호흡의 소설들을 읽는 것이 힘들었기 때문에 휴직을 하면 꼭 장편 고전소설을 읽겠노라 다짐했던 차였다.

책을 들고 카페로 갔다. 유효 기간이 다 되어 가는 커피 쿠폰으로 산 커피를 마시며 일기를 썼다. 평일 오후의 카페에도 사람이 참 많다는 걸 알았다. 집에 돌아와 밀린 집안일들을 해치우고 나니 남들의 퇴근 시간이다.

앞으로 계속 회사를 쉴 거라는 게 아직 실감나지 않는다. 남들이 일하는 하루 여덟 시간에 나도 뭔가를 해야겠다고 생각하며 마음을 잡는다. 김지운 감독이 백수 시절을 회고하며 '백수도 한두 달이 제일 힘들지 2년 정도 지나면 리듬이 생긴다.'라고 말했듯이, 나도 한두 달은 지나봐야 이 리듬에 적응이 될 것 같다. 1년을 쉬고 복직한 선배도, 처음 세 달은 시간이 정말 안 가는데 그 뒤는 순식간에 지나가더라고 했다.

동네 서점에 대한 기사를 보았다. 홍대, 상수 쪽에 있는 서점들을 보며 한번 가보고 싶다고 생각하던 중, 나는 언제 어디라도 갈 수 있는 휴직자라는 것이 생각났다. 그동안 습관처럼 하고 싶은 것들을 미루며 지냈다. 이제는 벚꽃이 피면 진해 군항제도 갈 수 있고, 가을바람 불면 부산 국제 영화제도 갈 수 있는 자유의 몸이 되었다. 바꾸어 말하면 시간이 없어 못한다는 변명 따윈 할 수 없다는 뜻이다. '뭐든지 할 수 있다면, 무엇이 하고 싶은데?'라는 질문이 백지 위에 떠오른다. 해야지, 해야지 생각만 하며 몇 년을 묵혀놓은 일들을 하나씩 해보려 한다.

버리고 떠난
사람들의
이야기

모래 해안처럼 끊임없이 변화하는 삶

독서 이력을 다시 정리하면서 내가 왜 자발적 갭이어를 선택하게 되었는지 이해하게 되었다. 감명 깊게 읽은 책 중 대부분이 버리고 떠나는 사람들 이야기였다. 헨리 소로우, 스코트 니어링 부부 같은 고전부터 시작하여 현재의 안정을 버리고 자기 자신을 찾아 떠난 구도자, 예술가, 사회 변혁가들의 이야기에 늘 끌렸다. 책을 읽고 나면 몇 페이지를 베껴 적을 만큼 강한 자극을 받았다.

모험기를 읽으며 자란 아이들은 일상 속에서도 도전적인 선택을 한다. 로맨스를 읽으며 자란 아이들은 언젠가는 로맨스의 주인공이 되기 위해 노력한다. 버리고 떠남, 자발적이고 근본적인 안식기라는 서사에 끌렸던 나는 결국 1년의 갭이어를 내 삶으로 가져왔다. 그전에 좋은 학교, 좋은 회사라는 타이틀에 집착했던 것도 '버리고 떠남'을 설득력 있게 만들기 위한 배경을 만든 것인지도 모르겠다.

조안 앤더슨의 자전적 에세이 《오십에 길을 나선 여자》도 그런 책 중의 하나인데, '버리고 떠났다 돌아온'

사람의 이야기이다. 20년간 아내와 엄마로서 헌신하며 살아온 조안은 자녀의 독립과 남편과의 불화를 겪으며 자신의 삶이 무너지고 있음을 느낀다. 기존의 삶에서 더 이상 행복을 찾을 수 없었던 조안은 남편이 다른 도시로 전근을 가게 되자 혼자 바닷가 마을에 내려가겠다고 선언한다. 작가로서 고상한 삶을 살던 그는 해녀 일을 하거나 생선 가게에서 조개를 까는 일을 하며 돈을 번다. 여가 시간에는 혼자 집을 수리하고, 글을 쓰고, 바닷가를 거닐며 1년을 보낸다.

"'그래, 내가 원해야 된다고 배운 것은 다 가졌어.' 하지만 그건 내가 정말로 원하는 것과는 거리가 멀다. 내가 아는 여자들 대다수는 자신이 원하는 것을 분명히 말하지 못한다. 가질 수 있는 것만을 원하도록 길들여졌기 때문이다. 최소한 나는 지금 내가 더이상 원하지 않는 것이 무엇인지는 알아가고 있다."

바닷가 마을에서 보낸 1년 동안 조안은 그동안 만나

지 못했던 다양한 종류의 사람들을 만나게 된다. 단순하고 건강한 삶의 방식을 가진 어부들을 비롯하여, 그와 같은 이름을 가진 아흔두 살의 '조안'과의 대화를 통해 누구보다 자기 자신으로서 살아가야 함을 배우게 된다. 할머니 조안은 말한다.

"나는 내내 달아났어요. 평생 동안 말이에요. 어렸을 때는 숲으로 달아났지요. 그곳이 혼자 있을 수 있는 유일한 곳이었거든요. 그러고는 유럽으로 달아났어요. 스물한 살 먹은 처녀에게는 전혀 새로운 세계인 그곳에서 이름을 바꾸고 뭐든 내가 하고 싶은 대로 했어요. 당신은 당신 자신으로 살아야 해요. 어떤 경우든 그러지 못하면 죽은 것이나 다름없어요. 변화를 원하면 행동해야 해요. 우리가 무슨 말을 하건 그걸 행동으로 옮기지 않는다면 한 푼의 가치도 없어요."

생각해보면 내가 끌렸던 사람들은 모두 한 번 이상은 '혼자가 되기 위해 달아난' 경험이 있었고 일생을 통해

'자기 자신으로 살려고 했던' 사람들이었다. 나는 여전히 헨리 소로우처럼 다 버리고 혼자 숲에 들어갈 용기라던가, 스코트 니어링처럼 단호하게 문명을 거부할 기개 따위는 없다. 다만 1년간의 자발적 안식기를 통해 월급과 명함을 내려놓은 민낯의 나를 보고 싶었다.

> "자신의 어떤 부분은 항상 마음속에만 간직하고 살 수 있어야 해요. 그건 아무도 상관할 수 없는 부분이죠. 남들을 그 비밀에 끼어들게 하는 것은 곧 자신의 힘 일부를 포기하는 거랍니다."

나는 항상 남들 앞에 비밀의 영역이 없는 '투명한' 사람이었다. 늘 타인의 인정에 허덕였기 때문에 누가 내게 조금만 관심을 가져도 황송하고 송구스러워 묻지 않은 것까지 주절주절 말해버리곤 했다. 그리고는 그들의 반응에 이리저리 휘둘리다 내가 정말 하고 싶었던 일들마저 쉽게 그만둔 적이 많았다. 휴직 인사를 하면서 여러 사람들에게 육하원칙에 맞는 설명을 하게 되었다. "그걸 왜 하니? 그걸 하면 뭐가 좋니?"라는 질문에 왜 나는 그냥 하고 싶어서요, 라고 말하지 못하고 주절주절 해명했을까. "저는 지금 그 질문에 열 번째로 대답하고 있습니다!" 하고 넘겨버릴 것을.

> "우리의 삶은 이 모래 해안처럼 끊임없이 변화하는 것 같아요."
> "신나지 않아요? 지금까지 우리는 다른 사람들이 원하는 대로 해왔잖아요. 이젠 우리 차례예요. 나는 살아 있는 한 계속해서 더 나은 존재로 변하고 싶어요."

1년 후 바닷가 마을을 찾아온 남편과 해변을 거닐며 나눈 대화에서, 조안이 자발적인 단절의 시간을 통해 더욱 성숙해지고 자유로워졌음을 알 수 있다. 그녀는 자기 자신의 인생을 사는 법을 배웠고, 단단한 자기 중심을 가지고 남편과의 관계를 다시 바라보게 된다. 조안은 남편과 화해하고 함께 도시로 돌아가게 된다. 전보다 거칠어진 손과 그을린 얼굴로.

다시 있던 자리로 돌아간다고 해서 그 방황이 의미 없는 것은 아니다. 1년을 쉬어도 원하는 것을 찾지 못할 수 있다. 큰 변화나 발전 없이 다시 있던 자리로 돌아갈 수도 있다. 지금의 드높은 기대와 달리, 아마 인생이 크게 바뀌지도 않을 것이다. 다만 이 시간을 통해 모래 해안처럼 끊임없이 변화하는 삶과, 살아 있는 한 계속해서 더 나은 존재로 변하고 싶은 마음에 대해 찬찬히 들여다볼 수 있길 바란다. 그래서 내년의 내가 한 뼘 더 자유로워지고, 단단해지길 소망한다.

휴직하면
마냥 좋을 줄
알았지

행복은 너무도 멀리에

휴직을 하고 회사를 가지 않으면 세상을 다 가진 듯 행복할 줄 알았다. 그런데 솔직히 '생각했던 것만큼' 행복하지 않다. 처음엔 이 사실에 충격을 받았다. 휴직을 했는데도 별로 행복하지 않다면 행복은 어디에 있단 말인가? 나는 비로소 로또에 당첨된 사람도 별로 행복하지 않다는, 초반 몇 개월은 행복하지만 얼마 지나지 않아 행복감이 이전의 수준으로 떨어진다는 연구 결과를 믿게 되었다.

내가 말하는 생각만큼 행복하지 않다는 것은, 내가 머릿속에서 생각했던 휴직만큼 달콤하지 않다는 뜻이다. 회사원의 주말을 예로 들어보자. 대부분의 회사원들은 주중 내내 주말을 기다리며 힘든 회사 생활을 견딘다. 주말은 사막의 오아시스처럼 반짝반짝 빛난다. 금요일 밤이 되면 마음이 가벼워지고 콧노래가 절로 나온다. 그런데 막상 기다리던 주말은 상상 속 오아시스처럼 반짝반짝하지 않다. 어떤 좋은 것도 아직 오지 않은 미래에 대한 기대감만 못하다.

적어도 내가 인생을 살아온 방식은 그랬다. 행복은

항상 멀리 있는 신기루 같은 것이었다. 잡힐듯 잡히지 않는 미래를 바라보며 행복은 그 어디쯤 있겠거니 생각했다. 일이 있으면 스트레스를 받고 스스로를 닦달하고, 일이 없으면 무료함과 권태를 느꼈다. 항상 목표를 세워 미래에 방점을 찍고, 이러이러한 것을 이루면 행복할 거라는 믿음으로 현실을 견뎠다.

그래서 현실은 항상 힘들었고, 미래는 빛났고, 노력 끝에 그 미래가 현재가 되면 또 그저 그랬다. 머리를 물속에 넣고 숨을 참는 것과 비슷했다. 한참을 참다 목표 지점에 도달 후 잠깐 머리를 들어 숨을 크게 내쉴 때, 그 순간의 해방감이 좋았을 뿐이다. 많은 사람들이 그렇듯이 고등학교 때는 대학에 들어가면 행복할 거고, 대학생 때는 연애, 여행, 교환 학생, 취직 등 미래의 이벤트를 통해 행복해질 수 있다고 믿었다. 취직 후에는 퇴근, 주말, 프로젝트의 종료, 휴가, 휴직 등을 바라보며 살았다. 휴직을 한 지금도, 내 마음속 행복의 이데아는 여전히 오늘이 아니라 미래 어딘가에 있다.

행복을 사전적 정의대로 생활에서 충분한 만족과 기

쁨을 느끼어 흐뭇함, 또는 그런 상태라고 한다면, 행복은 무언가를 성취하고 소유함으로써 얻을 수 있는 것이 아니다. 현재 가진 것에 만족하고 기뻐할 수 있는 능력에 가깝다. 그렇다면 긍정적 감정 습관을 갖고 있는 사람일수록, 자기가 좋아하는 것이 무엇인지 정확히 파악할수록 행복을 느끼기 쉬울 것이다. 나는 감정 습관도 부정적인 편인데, 내가 무엇을 좋아하는지도 잘 몰랐기에 현재에서 행복을 느끼는 능력이 낮을 수밖에 없었다.

휴직 후 편안하고 안정된 일상에 행복감을 느낄 법도 한데, 나는 긍정적인 감정을 받아들이는 데에 인색했다. 남들 다 일하는 시간에 혼자 평일 카페에 앉아 글을 쓸 때, 그리고 한가하게 공원을 거닐 때처럼 세상 누구도 부럽지 않을 정도로 만족스러운 순간들이 종종 있다. 그런데 그런 감정이 들 때마다 자동 반사적으로 이렇게 행복해도 되는 건가? 뭔가 더 열심히 살아야 하는 게 아닐까? 이러다 뭔가를 놓치지 않을까? 하는 불안감이 찾아왔다. 박용철의 《감정도 습관이다》에 의하면 이런 불안감은 감정 습관의 요요 현상과 같다고 한다. 이 어색한 시기를 꾹 참고 넘겨야 새로운 감정 습관을 들일 수 있다는 것이다.

오래된 감정 습관에 반하는 행동을 할 경우, 죄책감과 불안이 찾아오지만, 확신을 갖고 그것을 이겨내야 한다. (중략) 한 번의 긍정적인 일이나 감정을 놓치지 말고 '감정 수첩'에 적어 그것을 기억하고 되새기는 연습을 한다. 그럼으로써 뇌가 긍정적인 감정에 점차 익숙해지도록 해야 한다.

나는 더 이상 행복을 미루고 싶지 않다. 내일이 아니라 오늘이 행복했으면 좋겠다. 오지도 않은 미래를 기대하며 현재의 가치를 깎아내리고 싶지 않다. 이번 휴직을 통해 좀 더 행복한 사람이 되는 연습을 하려고 한다. 내가 좋아하는 것이 무엇인지 시간을 들여 찾아보고, 현재 가진 것에 감사하고 만족하는 긍정적 감정 습관을 들이고자 한다.

잘 선택했어,
네가 옳아

가장 듣고 싶었던 말

최인아책방에서 정신과 의사이자 작가인 정혜신과 심리 기획자이자 작가 이명수의 북토크를 들으러 갔다. 이명수 작가의 책 제목은 무려 《봄은 왔는데 내 마음은 지옥》이었다. 《미움받을 용기》만큼이나 마음을 울리는 제목이다. 휴직한 지 얼마 안 된 지금, 내 마음은 지옥보다는 천국에 가깝다. 하지만 마음먹기에 따라 천국이 금세 지옥이 되기도 한다는 것을 알고 있다. 그렇기에 마음이 지옥일 때는 어떻게 하면 되는지 알고 싶었다.

강연에서 가장 마음에 와닿았던 것은 정혜신 작가의 '당신은 늘 옳다'는 말이었다. 사람의 행동은 틀릴 수 있다. 하지만 그 행동을 추구하는 사람의 마음과 감정은 항상 옳다. 왜냐하면 사람은 결국 자신에게 가장 필요한 것, 자신에게 가장 도움이 되는 것을 본능적으로 찾게 되고 그 방향으로 결정을 내리기 때문이다. 정혜신 작가는 이것을 사람의 무의식이 갖는 근원적, 본능적 건강성 때문이라 설명한다. 사람은 본질적으로 자신이 살길 쪽으로 끌리게 되어 있다. 옆에서 보기에는 그 사람이 잘 못된 길로 가는 것 같아도, 그 사람에게는 그것이 옳은 방향이라는 것이다. 그 이야기를 듣고 떠오른 두 장면이 있었다.

첫 번째는 휴직을 하겠다고 부모님께 통보하며 미안하다고 했던 나다. 회사와 모든 절차를 끝내고 부모님께 전화를 걸어 휴직을 했다고 말씀드렸다. 엄마는 왜 쉬려고 하는지, 무엇을 하려고 하는지 물어보시고는 우물쭈물하는 나의 답변을 듣고 "네가 그냥 좀 쉬고 싶은가 보구나." 하셨다. 문제는 그 이야기를 들은 내가 눈물을 쏟았다는 것이다. 수화기를 붙들고 계속 "엄마, 미안해. 남들 다 열심히 사는데, 엄마도 아직 돈 버는데, 나만 쉬어서 미안해."라고 했다. 이미 정신적으로, 경제적으로 독립한 다 큰 어른이 본인의 결정에 따라 휴직을 하는데 나는 왜 부모님께 미안했던 걸까?

두 번째는 휴직을 하고 평일 오후에 혼자 집에 있으면서 혹시 옆집에 내 소리가 들릴까봐 순간 조심했던 나다. 평일 오후에 집에 있어보니 새삼스럽지만 평일에 회사를 나가지 않는 사람들도 있다는 것을 알게 되었다. 옆집 아주머니, 아기들, 할머니의 대화 소리, 택배 기사님 소리가 우렁우렁 현관과 복도에서 울려 퍼졌다. 때론 화장실 물 내리는 소리, 세탁기 돌리는 소리가 벽을 타고 전해지기도 했다. 나는 순간이었지만 내 소리도 옆집에 들리면 어떡하지, 하고 생각했다. 왜일까? 일 그만두고 집에서 '노는' 사람으로 보이고 싶지 않았던 걸까?

어째서 나는 '내 살길을 찾아간' 나에게 그토록 엄한 잣대를 들이댔는지.

나는 나만의 이유가 있어 휴직을 택했다. 이렇게 하는 것이 더 좋을 것이라는 직관과 충동. 누구도 그것에 대해 해명을 요구할 수 없고 나는 그것을 일일히 설명할 의무가 없다. 그런데 왜 나는 '정말 이게 맞아? 제대로 선택한 게 맞아?' 하고 몇 번이나 스스로를 재판대에 세웠을까? 왜 나는 건장한 청장년층은 마땅히 일해야 하고 소득을 내야 한다는 고정 관념을 갖고 나의 선택을 스스로 인정해주지 못했을까? 반드시 그래야 한다는 '슈드 비Should be 콤플렉스'야 말로 자기 자신으로 사는 것을 가로막는 몹쓸 것들인데 말이다.

지금 내려놓을 수 있어 다행이라는 생각이 든다. 마른 명태처럼 꼿꼿해져 작은 충격에도 쉽게 부스러지는 나이가 되기 전에, 조금이라도 유연한 나이에 이런 시간을 가질 수 있어 다행이다. 감사한 일이다.

누구에게나 타인에게 쉽게 드러낼 수 없는 어둡고 습한 구석, 어딘가 꼬인 마음이 있다. 나는 이래야 한다, 저래야 한다는 자아상과 고정 관념들로 축축해진 마음. 회사에서 프로페셔널한 일꾼으로 일하면서는 정장 아래 감출 수밖에 없었던 마음들이다. 그 마음을 휴직 기간 동안 환한 볕에 활짝 널어 말리고 싶다.

잘 했다.

잘 선택했다.

네가 옳다.

네가 항상 옳다.

가장 듣고 싶었던 이 말을 나 자신에게 몇 번이고 해주고 싶은 날이다.

평일
점심의
카페

휴직 8일차

카페에 가서 노트북을 켜고 여행 준비를 했다. 오전부터 점심 무렵까지 앉아 회사에서 일할 때보다 훨씬 몰입했다. 열두 시, 직장인들의 점심시간이 되어 사람들이 물밀듯이 들어오자 그제야 노트북 화면에서 눈을 떼고 주변을 살펴볼 수 있었다.

커피를 사러 줄을 선 직장인들은 다들 사무실에서 못한 얘기를 즐겁게 하고 있었다. 여자 두 분은 회사 사람에 대한 얘기를 은밀하게 조곤조곤 나누면서 "진짜?" "대박이다, 정말."을 반복했다. 요새 20대 번아웃 증후군이 유행이래, 하고 차장 정도로 보이는 사람이 꺼낸 말에 나도 모르게 귀를 쫑긋 세우기도 했다. 어렸을 때부터 치열하게 경쟁하며 입시를 준비하고 대학 와서는 학점 경쟁 끝에 겨우 직장에 들어온 20대들이 이제야 걷잡을 수 없는 번아웃 증후군에 시달린다는 것이다. 차장이 옆에 있는 부하 직원을 쿡 찌르며 "야, 너도 번아웃 아니냐?"라고 묻기에 고개를 돌렸다.

직장인들은 길게 줄을 서서 필사적으로 커피를 샀다. 한정된 시간 안에 밥과 커피와 햇빛을 획득해야 한다는 절박감이 느껴졌다. 사람이 점점 많아져 카페를 나왔다. 횡단보도 앞에서 신호를 기다리며 서 있는데 건너편에 선 한 무리의 직장인이 보인다. 점심을 먹고 카페에 다 같이 커피를 사러 가는 길인 것 같다. 햇살 때문인지 다들 얼굴이 환하다. 그렇지, 점심 먹고 커피 한 잔 하는 시간이 하루 중 가장 즐거운 시간이니까. 윗사람이 던진 농담에 직원들은 허리를 잡고 깔깔깔 웃는다. 순간 저 사람들은 무슨 일을 하고 어떤 생각을 하며 일하는지 궁금해졌다. 멀리서 봤을 때는 즐거워 보이지만 나름의 고충이 있겠지. 마치 날씨가 겉으로 보기엔 완벽하지만 사실은 미세 먼지가 위험 수준인 것처럼.

옆에 선 사람들이 너도나도 아이스 아메리카노를 까딱까딱 흔들며 아, 날씨 너무 좋다, 들어가기 싫다를 연발했다. 나도 일주일 전까진 점심시간이 너무 짧다고, 날씨가 너무 좋아 들어가기 싫다고 한탄하던 무리였다. 점심을 먹고 나면 주로 동기들과 아이스 아메리카노를 마시며 내가 아닌 다른 사람의 얘기를 했다. 주로 회사 사람에 대한 이야기였고 대부분 안 좋은 이야기였다. 아니면 언제까지 대갓집 노예살이를 해야 하는지, 또는 할 수 있을지에 대해 우울한 이야기를 늘어놓았다. 한 번은 자 이제 남이 아니라 우리 이야기, 그중에서도 즐거운 이야기를 해보자는 말에 다들 각자 커피 컵만 바라보며 침묵하기도 했다. 한 동기가 망한 소개팅 얘기를 시작함으로써 겨우 그 침묵을 메꿀 수 있었다.

이젠 점심을 몇 시부터 몇 시까지 전쟁하듯이 먹을 필요가 없어졌다. 날씨가 좋으면 얼마든지 더 있다 들어가도 된다. 회사 사람들에 대한 얘기를 하려 해도 아는 게 없다. 남의 얘기를 굳이 한다면 험담이 아니라 최근에 새로운 모임을 통해 만난 재미난 사람들에 대해 이야기할 수 있을 것이다. 무엇보다 이제는 나의 이야기, 한탄과 냉소가 아닌 즐거운 이야기를 꺼낼 수 있을 것 같다.

출근하지
않는 삶

예전에 세미나에서 만난, 까마득한 선배 한 분은 직장을 구할 때 '근무일 중 10일 휴가를 내고 2주간 쉴 수 있느냐'가 가장 큰 고려 조건이라고 했다. 그분 말에 따르면 사람이 일주일을 쉬면 항상 '다음 주엔 직장에 가야 한다'는 사실에 대해서 생각하기 때문에 일하는 자아를 내려놓을 수가 없다는 것이다. 그래서 적어도 2주는 쉬어야 제대로 긴장을 풀고 재충전할 수 있다고. 나는 그 말을 듣고 '아니 대한민국에서 2주 쉬면 자리 빠졌다는 뜻 아닌가요?'라고 생각했다. 그때는 크게 와닿지 않던 선배의 말이 이해가 가기 시작한다.

휴직 첫 주에는 출근하지 않는다는 사실이 어색하고 불안했다. 일하는 자아를 내려놓을 수 없었다. 출근하는 꿈을 꾸기도 했다. 2주차에 들어서면서 안정감을 찾았고 이 생활이 재미있어졌다. 이제야 좀 쉬는 것 같다.

생각보다 시간이 잘 간다. 해야 할 일, 하고 싶은 것이 많아서 하루가 꽉 찬다. 다른 사람의 주문에 의해서가 아니라 내가 스스로 하루의 일과를 정하다 보니 시간을 훨씬 더 책임감 있게 쓰게 되었다. 무엇을 하더라도 회사 다닐 때보다 훨씬 몰입해 있다.

휴직 전에는 '24시간이 통째로 내게 주어진다면 목록'에 올려놨던 일들을 다 할 수 있을 줄 알았다. 1번부터 100번까지, 공책 몇 페이지를 빼곡히 채웠던 것들을 전부 다 할 수 있을 거라고. 그런데 휴직 첫 주에 시간을 어떻게 썼는지 되돌아보니, 아예 새로운 일을 하기보다는 예전에도 해왔던 일들을 더 집중해서 하고 있었다. 예를 들어 지금 열심히 하고 있는 외국어 공부, 책 읽기, 강연 찾아 듣기 등은 회사 다니면서도 어느 정도는 해오던 것들이다.

반면 '시간이 정말 많으면 ○○할텐데.', '휴직하면 ○○해야지.' 하는 것들은 여전히 우선 순위 맨 끝에 있다. 예를 들면 방 청소 같은 것들이다. 휴직하면 정말 집 안이 먼지 하나 없이 반들거리고 광채가 날 줄 알았다. 거기에 더해 깔끔한 북유럽풍 인테리어를 시도하거나 직접 새벽 시장에서 꽃을 사와 예쁘게 장식할 거라 생각했건만. 하지만 회사 다닐 때 하지 않았던 것은 휴직하고서도 하지 않는다. 이제 알겠다. '수능 보고 나면 치울게요.', '취업하면 치울게요.', '휴직하면 깨끗하게 하고 살게요.' 이 말은 계속 지금처럼 더럽게 하고 살겠단 말과 같다.

시간의 유무와 무관하게 내 안의 우선 순위는 변하지 않는다. 바쁘다는 이유로 지금 하지 않는 것은 시간이 많더라도 아마 하지 않을 확률이 높다. 뭔가를 정말 하고 싶은데 그걸 지금 하고 있지 않다면, 정말 하고 싶은 게 맞는지 자신에게 질문해야 한다. 그리고 진짜 내 욕망에서 비롯된 것이 아니라면 목록에서 맘 편히 지워버려야 한다.

모든 것을 다 잘하기보단 진짜 하고 싶은 것에 집중하며 시간을 보내고 싶다.

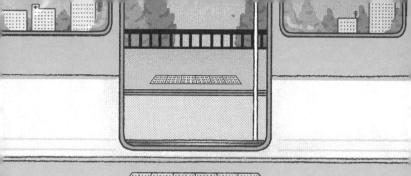

(**3**)

그래서 휴직하고 뭐하니

평일 오전에
요가하는
여자

요가를 합니다

"그래서 휴직하고 뭐하니?"

사람들이 나에게 끊임없이 묻는 질문이다. 나도 누군가가 휴직한다면 부담없이 물어볼 질문인데 막상 이 질문을 받으면 순간적으로 작아지는 느낌이다. 회사 다니면서는 절대 못하는 특별하고 신나는 일을 매일 하고 있다고 말해야 할 것 같아서다. 근데 그러지 못한 것 같아 이 질문을 받을 때마다 난 뭘 하고 살고 있는지를 되돌아보게 된다.

사실 남들은 사실 나에게 별 관심이 없다. 이 의례적인 질문을 의식하는 것 역시 남에게 멋있게 보이고 싶은 내 욕심 탓이다. 그 욕심을 살짝 내려놓고, '그래서 뭘 하고 살고 있는지'에 대해 얘기해보려 한다.

휴직을 하고 가장 꾸준히 한 것이 있다면 요가다. 가까운 요가원에 무려 주 5일을 등록했다. 매일 오전에 요가를 하며 매트 위에서 땀을 흘렸다. 회사를 다니면서 가장 부러워했던 평일 오전에 요가원 다니는 여자가 되었다.

그간 내 운동의 역사는 주로 이런 식이었다. 힘이 없고 살이 찐다. 운동을 해야겠다고 생각한다. 3개월에 몇 퍼센트 할인한다는 헬스장 광고를 본다. 헬스장을 등록한다. 인바디를 해보니 근육은 신생아 수준으로 적고 지방만 많단다. 일단 지방부터 태우자며 러닝머신을 몇 번 뛴다. 고통스럽다. 그리고 헬스장을 다시 찾는 건 3개월 후, 락커에 넣어둔 샴푸를 찾기 위해서다.

그렇게 몇 번을 반복하며 헬스장 발전에 고스란히 기부하고 나자 돈이 더 들더라도 필라테스처럼 수업 시간이 정해져 있는 운동을 해야겠다고 생각했다. 하지만 불규칙한 퇴근 시간 탓에 정해진 시간대에 수업을 듣기가 쉽지 않았다. 아홉 시 반 수업도 가기 어려운 날이 부지기수였고 스트레스로 녹초가 된 날 필라테스를 하며 지옥의 복근 운동을 하다 보면 그냥 굶고 말지 왜 이 돈 주고 고생을 하고 있냐는 생각이 들기도 했다. 결국 필라테스는 친구에게 양도하고 말았다. 운동보다 잠이 절실했기 때문이다.

휴직을 하고 처음에는 내게 잘 맞는 운동을 찾기 위

해 여러 운동을 탐색해볼 수 있는 체험 프로그램을 이용했다. 월 몇 회에 얼마, 가맹점 어디든지 원하는 시간을 예약해서 갈 수 있는 프로그램이었다. 자유롭게 시간을 운용할 수 있고 다양한 분야의 운동을 경험하고 싶은 사람에게 추천한다. 나의 경우 필라테스, 발레, 1:1 척추 교정, 요가, 클라이밍 등을 경험해보니 가장 맘 편하게 오랜 시간 할 수 있는 것이 요가였다.

요가는 연습한다고 하지 않고 '수련한다'고 하는데 나는 이게 마음에 들었다. 수련에는 몸뿐만 아니라 마음도 포함되어 있다. 요가하는 사람들은 대개 유하면서도 강해 보이고, 편안하면서도 힘이 있어 보인다. 실제로 주변에 퇴사를 하거나 인생의 전환점에 있는 많은 사람들이 요가를 통해 심신의 안정을 찾는 걸 보았다. 굳이 셀럽인 이효리 같은 경우를 들지 않더라도, 휴직 중 만난 많은 퇴사 선배들이 요가를 인생 운동으로 꼽았다. 요가를 통해 인생이 얼마나 달라졌는지 말하는 사람들의 모습은 확실히 전보다 더 편안하고 밝아 보였다. 나도 저렇게 편안해질 수 있기를 바라며 매일 오전 요가

원에 나가고 있다.

여전히 나는 동작을 헤매고 중심을 못 잡아 우왕좌왕하고 숨을 헐떡거린다. 하지만 요가를 하기 전보단 등이 많이 펴졌고 어깨 통증이 줄어들었다. 아예 불가능하던 자세가 조금씩 되는 것에 희열을 느끼며, 무엇보다 매트 위에 서는 시간을 즐기게 되었다. 수업 시간보다 조금 일찍 가서 자세를 잡고 호흡을 고르는 시간이 하루 중 가장 행복하다.

신기한 것은 매트 위에 선 내 모습에서 내가 기존에 살던 방식이 보인다는 것이다. 몸은 아직 따라주지 않는데 마음은 항상 앞서간다. 옆에 앉은 사람은 저만큼 되는데 왜 나는 안되지? 잘하고 싶은 마음에 팔을 조금 더 뻗고 다리를 조금 더 늘이다 호흡을 놓치고 만다. 숨을 쉬지 않고 참으니 몸은 더 뻣뻣해지고 동작도 어색해진다. 요가 초보자인 내 모습과 사회생활 초보자였던 내 모습은 닮아 있다. 회사를 다닐 때도 의욕은 앞서가는데 역량은 그에 따라오지 못했다. 초보자니까 그게 당연한 것이었는데 나는 그걸 받아들이지 못하고 욕심을 부렸다. 아직 사원인데 과장님만큼 잘하고 싶어 했다. 그 엇박자 속에서 호흡을 놓쳤고 나를 잃었다.

아쉬탕가 요가 선생님은 항상 두 가지를 강조한다.

첫째, 아사나(동작)를 잘하는 것보다 호흡을 잘하는 것이 중요하다. 사람이 어려운 일을 맞닥뜨렸을 때 가장 먼저 하게 되는 일이 숨을 참는 것이라고 한다. 호흡을 잃으면 마음의 평정을 잃고 몸까지 경직되어 힘든 일을 이겨낼 수 없다. 요가를 통해 어려운 동작 속에서도 호흡을 유지할 수 있는 능력이 생기면 생활 속에서 힘든 순간이 생길 때도 호흡을 유지할 수 있게 된다. 그래서 '아쉬탕가 요가 수련은 호흡 연습이다. 나머지는 그저 구부리는 것이다.'라는 말이 있는 것이라고.

둘째, 아쉬탕가 요가는 각 동작 별로 정해진 시선점이 있다. 숙련자는 고요하게 시선점을 응시하며 호흡을 통해 자기 내면으로 들어간다. 초보자는 시선점을 놓치고 눈빛이 흔들린다. 이 사람 저 사람을 보고 남과 자신을 비교한다. 남을 쳐다보지 말고 자기 자신에게 집중하라. 숙련자는 동작을 잘하는 사람이 아니라 매트 위에서 자기 자신만 볼 수 있는 사람이다.

　나는 오늘도 매트 위에 선다. 매트 위의 나에게 집중한다. 누구와도 경쟁하지 않는다. 어제보다 조금 더 호흡에 집중한 것, 힘든 순간에 반 뼘 더 뻗어보았다는 것에 기쁨을 느낀다. 매일의 '수련'을 통해 나는 힘든 순간에도 편안히 숨쉴 수 있는 사람, 남의 성취에 연연하지 않고 내 길을 가는 사람에 조금씩, 아주 조금씩 가까워지고 있다.

마음의
부정성을
마주하기

명상을 합니다

휴직하고 쉬고 있습니다, 라고 말하면 십중팔구 사람들은 정말 좋겠다고, 부럽다고 한다. 돌아갈 곳을 마련해두고 노는 게 얼마나 좋냐는 것이다. 특히 회사 동기들은 종종 내게 근황을 물으며 내가 무슨 답을 하든 "네가 세상에서 제일 부럽다."라고 말해준다. 나는 정말 세상에서 가장 부러운 사람일까?

내가 느끼는 주관적인 행복감은 휴직 직후 정점을 찍었다. 하지만 행복했던 감정도 금세 익숙해져버렸다. 물론 회사를 다니면서 받았던 성과에 대한 압박이나 인간관계에 대한 스트레스가 사라져 전보다 훨씬 평온하지만. 아마도 가장 큰 이유는 인간이 적응의 동물이기 때문일 것이다. 사람은 늘 본인이 지금 갖고 있는 것에 쉽게 익숙해진다. 죽도록 원해서 뭔가를 성취해도 그것을 일단 갖고 나면 시들해지는 게 사람이다. 새롭게 얻게 된 것에 일단 익숙해지고 나면 다시 본인이 늘 사용하던 생각, 감정, 행동 패턴으로 회귀한다. 그러니 무엇을 한다고, 무엇이 된다고 행복해지는 것은 아니다. 오히려 내가 늘 고유하게 사용하는 패턴들을 인식하고 그것을 조금씩 변화시킬 때 새로운 삶이 시작된다.

내가 잘 사용하는 패턴은 성과주의와 '미리 불안해하기'였다. 좋은 성과를 내서 사랑받고 인정받으려고 아등바등거렸다. 실패를 늘 걱정했기 때문에 대비책을 세워놓느라 마음이 바빴다. 이런 내 행동 패턴은 휴직을 하고 나서도 변함이 없었다. 이젠 더 이상 서두를 일이 없는데도 시간을 아껴 써야 한다는, 그리고 성과를 내야 한다는 습관을 한동안 내려놓지 못했다.

아침 일곱 시 반에 꼬박꼬박 일어나 근처 스타벅스로 출근해서 노트북을 켰다. 남들은 백수가 되면 낮잠부터 잔다던데, 낮잠도 거의 자지 않았다. 다이어리를 해야 할 일로 빼곡하게 채우는 것은 물론이고 미래에 대한 장기적인 계획을 세워야 한다는 부담감에 시달렸다. 이 직장은 언제까지 다닐 것인가? 이직을 할 것인가? 아니면 이 기회에 직업을 바꾸는 것이 좋을까? 등등 내 인생의 결정 사항들은 끝이 없었고 지금 이 시간이 아니면 내 인생의 이슈에 대해 깊이 생각해볼 여유가 영영 없을 것 같았다.

미래에 대한 이런저런 계획과 생각들은 때론 부정적인 생각과 감정들을 동반했다. 혼자 있는 시간이 늘어남에 따라 내면의 부정성들을 오롯이 마주하게 되었다. 회사를 다닐 때는 부정적인 감정이 들면 그 감정으로부터 도망치곤 했다. 회사를 다니면서 가장 많이 한 생각은 마음이 없는 사람이 되면 좋겠다는 것이었다. 회사원으로서 느끼는 분노, 우울, 권태 등의 감정을 아예 느끼지 않을 수 있다면 나는 얼마나 프로페셔널한 일꾼이 될 수 있을까? 그저 기계적으로 업무를 처리하고 다른 사람의 말에도 상처받지 않을 수 있다면 얼마나 좋을까? 나는 출근할 때마다 두꺼운 우주복을 입은 것처럼 매사에 무뎌지기 위해 노력했고 감정을 느끼지 않으려 애썼다. 그런데 휴직을 하면서 그 우주복은 벗겨졌고, 나는 별의별 감정에 꼼짝없이 노출되게 되었다.

항상 긍정적이고 씩씩한 상태로 살기는 불가능하다. 때론 외부 상황과 신체적 상태에 따라 부정적인 생각과 감정을 만나게 된다. 이 부정성을 어떻게 다룰 것인가? 힘든 상황에 처했을 때 어떻게 마음의 평정을 찾을 것인가? 나는 휴직 기간을 통해 이 문제를 집중적으로 다뤄보고 싶었다. 그동안 돈과 경력 같은 '외적 자원' 확보에 집중해왔으니 휴직을 통해 '내적 자원'을 충분히 확보하는 것도 의미가 있겠다고 생각했다. 종교를 가지거나, 상담을 받거나, 더 몰입할 수 있는 '인생 취미'를 가짐으로써 이 문제를 해결할 수도 있겠지만, 나는 명상을 시작해보기로 했다.

처음에는 명상 앱을 다운로드받아 혼자 명상하기를 시작했다. 내가 주로 사용하는 프로그램은 '마보(마음 보기)'와 'Insight timer'이다. 마보는 한국어로 된 유도 명상 앱인데 10분에서 20분 정도 짧게 명상을 할 때 좋다. 출근할 때, 밤에 자기 전에, 기분이 우울할 때, 불안할 때 등 상황별, 기분별로 다양한 유도 명상 음성 파일을 들을 수 있다. "자, 이제 눈을 감습니다. 심호흡을 하고, 호흡에 집중합니다." 초보자가 명상을 시작할 때는 이런 가이드가 도움이 된다. Insight timer는 영어로 된 앱이라 영어로 진행되는 명상을 듣기보다는 주로 명상 알람 설정용으로 사용한다. 휴대전화 진동 알람을 설정하면 명상을 하다 깜짝 놀라며 명상에서 깨어나게 되는데, 잔잔한 종소리를 들으며 차분하게 명상을 마무리할 수 있어 추천한다. 좀 더 긴 시간 조용히 집중하고 싶을 때 Insight timer를 주로 사용한다.

혼자 명상을 하다 보니 오프라인에서 명상을 좀 더 깊게 배워보고 싶어 명상 수업을 신청해 들었다. 확실히 명상 센터에서 수업을 들으니 궁금한 부분에 대해 질문을 할 수도 있고, 내 명상 경험을 다른 사람들과 나눌 수도 있어 좋았다. 내가 수업을 들은 곳은 선릉역에 위치한 명상 센터였는데, 짧은 기간 안에 명상의 기본 이론을 익히고 실습하고 싶은 사람들에게 추천할 만한 수업이었다. 호흡 명상, 바디 스캔Body scan 등 다양한 명상 방법론을 맛볼 수 있었다. 무엇보다 명상실 통유리창으로 푸르른 선릉이 보이고 볕 좋은 날엔 햇빛이 쏟아져 내려 명상하러 오는 길이 항상 즐거웠다.

명상에도 다양한 종류가 있겠지만 내가 하고 있는 명

상은 마음챙김명상^{Mindfulness Meditation}이다. 마인드풀니스^{Mindfulness}는 한국에서 마음 챙김 또는 마음 다함으로 번역되곤 한다. 그렇다면 마인드풀^{Mindful}하다는 것은 무엇일까? 마인드풀하다는 것은 현재에 있으면서 지금, 여기에서 일어나는 것들을 정확히 바라보는 것이다.

힘든 하루를 마치고 집으로 돌아가는 길, 빨갛게 지고 있는 노을을 만났다고 해보자. 잠깐 멈춰 서서 '아, 정말 예쁘다.' 하고 감탄하는 그 순간 우리는 완벽하게 현재에 있다. 그 순간 우리는 오늘 겪은 일에 대한 후회나 내일 있을 일에 대한 걱정 없이 지금, 여기에 존재한다. 이때 우리는 잔잔한 행복감과 충만감, 평화를 느끼게 된다.

항상 마인드풀한 상태에 있을 수 있다면 무척 좋겠지만, 우리는 습관적으로 과거와 미래에 대한 생각을 끊임없이 반복한다. 몸은 여기 있지만 내 생각은 어제 회사에서 겪은 안 좋은 일, 또는 내일 있을 프레젠테이션 생각에 바쁘다. 이런 부정적인 생각이나 감정이 들 경우 사람들은 크게 두 가지 반응을 보인다고 한다.

첫째는 그 생각, 감정을 자신과 동일시하는 것이다. 지금 내가 느끼는 불안·슬픔·분노를 곧 나 자신인 것처럼 생각하고 그 감정에서 벗어나질 못한다. 둘째는 그 감정을 회피하기 위해 다른 무언가를 하는 것이다. 보통 사람들이 스트레스를 해소하는 방식인 먹기, 자기, TV 보기, 술 마시기 등이 모두 회피에 해당한다. 이 두 가지 방법 모두 지금, 여기에서 일어나는 일을 정확히 바라보는 것은 아니다.

그렇다면 이런 도피를 멈추고 어떻게 다시 현재로 돌아올 수 있을까? 마음챙김명상에서 가장 기본이 되는 것은 호흡이다. 생각과 감정은 과거와 미래를 정신없이 오가지만 호흡은 오직 현재의 것이다. 우리는 과거의 호흡을 할 수 없고 미래의 호흡도 할 수 없기 때문에, 숨쉬는 나 자신을 자각하는 순간 우리는 가장 빠르게 지금, 여기로 돌아올 수 있다. 들이쉬고 내쉬는 호흡을 열 번 정도만 차분하게 하면 날뛰던 마음은 쉽게 평정을 되찾을 수 있다. 흔히 화가 날 때는 잠시 멈추고 심호흡을 하라고 하는데 이것도 일종의 마음챙김명상이라고 할 수 있다.

호흡을 통해 지금, 여기로 돌아왔다면 이제 현재에서 일어나는 일들을 판단하지 않고 바라봐야 한다. 판단하지 않고 바라본다는 것이 처음엔 잘 이해가 가지 않았다.《받아들임》의 저자 타라 브랙은 지금 느껴지는 생각·감정·감각이 기차이고, 나는 기차역에 서서 그 기차들이 오가는 것을 바라보는 사람이라고 가정해보라 한다. 나는 늘 그 생각, 감정, 감각의 기차에 탑승해서 폭주해버리거나 그 기차가 보기 싫어 외면해버리곤 했다. 두 가지 모두 하지 않고 그 기차를 그저 바라만 보는 것은 평생 한 번도 해보지 않은 것 같은 낯설고 신기한 경험이었다.

- 어깨가 뻐근하고 가슴이 꽉 막힌 것 같다 (감각)

- 처지고 무력감이 들면서 불안하다 (감정)

- 잘 못 할 것 같고 걱정이 된다 (생각)

이런 감각·감정·생각에 반응하지 않고, 그것들을

당장 사라져야 할 문제적인 요소로 보지 않고 그저 바라보았다. 그러자 놀랍게도 감정을 붙잡고 있던 예전보다 더 감정이 빨리 사라지는 것을 느꼈다. 명상 선생님이 하신 말, '억지로 긍정적이 되려고 하는 것은 자기기만일 뿐이다. 감정은 회피한다고 사라지지 않는다.'는 말을 몸으로 이해할 수 있었다.

명상을 시작하고 나서 나는 언제 어디서든지 휴대할 수 있는 간이 허파를 얻은 기분이었다. 죽을 것 같고 숨을 못 쉴 것 같은 상황이 오더라도 이 허파의 도움으로 다시 숨을 쉴 수 있을 것 같았다. 외부의 자극이 주어지는 대로 반응하는 것이 아니라 잠깐 멈춰서 그것들을 바라보고 반응을 선택할 수 있는 선택지가 있음을 조금씩 배워가고 있다.

《죽음의 수용소에서》의 저자 빅터 프랭클은 이렇게 말했다.

"자극과 반응 사이에 공간이 있다. 그 공간에는 반응을 선택할 수 있는 자유와 힘이 있다. 우리의 성장과 행복은 그 반응에 달려 있다."

　명상은 자극과 반응 사이에 공간을 만들어준다. 잠깐 멈춰서, 호흡하고, 내 몸에 일어나는 반응을 관찰하는 순간 우리는 자유로워진다. 붓다의 말처럼 제 1의 화살은 맞을지언정 제 2의 화살은 맞지 않을 수 있는 힘을 얻는다.

　지금은 아침, 저녁으로 20분 정도 명상을 하고 있는데, 일을 시작한 뒤에도 매일 명상을 이어가고자 한다. 나는 여전히 평정을 놓치고 제 2의 화살을 맞아버리곤 하지만, 명상을 통해 조금씩 더 자유로워지고 강해질 나를 꿈꾼다.

집밥
해 먹는
날들

요리를 합니다

휴직을 하면서 마음먹은 것 중 하나는 혼자서도 밥을 잘 챙겨 먹겠다는 것이었다. 회사를 다니면서 나는 술과 커피, 단 음식과 짜고 매운 음식을 가까이하게 되었다. 낮에는 커피와 과자, 빵으로 스트레스를 잊고, 밤에는 술과 자극적인 음식으로 피로를 풀었다.

선천적으로 소화 기관이 약한 편인 나는, 자극적인 음식을 많이 먹거나, 한번에 급하게 먹거나, 밤늦게 먹고 바로 자면 꼭 위와 식도에 탈이 나곤 했다. 늘 양배추즙을 달고 살았다. 그러나 먹는 것만이 꽉 막힌 일상의 유일한 일탈이었기 때문에 이 악순환을 끊을 수 없었다. 휴직 기간엔 그동안 혹사당한 내 몸을 잘 챙겨주고 싶었다.

백수는 저녁을 제외하고 아침, 점심은 주로 혼자 밥을 먹는다. 처음에는 백수의 기쁨에 겨워 오늘은 연남동, 내일은 상수동, 모레는 익선동에서 '평일 런치'를 먹으리라 생각했지만 그것도 하루 이틀이었다. 올해 들어 오랫동안 백수였던 친구들이 줄줄이 취직하는 바람에 평일에 놀 사람을 찾는 것은 생각보다 어려웠다. 고독한 미식가라도 된 것처럼 혼자 당당하게 유명 맛집의 문을 열고 들어가는 것도 처음엔 즐거웠지만 그것도 쉽게 질리고 말았다. 당분간 돈 들어올 일이 없는 통장 사정도 고려해야 했다. 나는 자연스럽게 외식보다 집밥을 많이 해 먹게 되었다. '매일 집밥 해 먹기' 프로젝트가 시작되었다.

백수 초기 시절에는 그동안 시간이 없어서 듣지 못했던 요리 클래스들을 신청했다. 처음에는 주로 자연식, 채식 요리를 배웠다. 나는 헬렌 니어링의《조화로운 삶》을 읽은 뒤부터 생선과 계란, 유제품은 먹지만 소, 돼지, 닭을 포함한 고기는 먹지 않는 '페스코 베지테리언Pesco Vegetarians' 생활을 10년째 해오고 있다. 고백하지만 10년 동안 항상 엄격하게 계율을 지켰던 것은 아니다. 회사를 다닐 때는 회식이나 약속이 많아 고기를 완전히 피하기가 어려웠고, 건강한 채식을 하기도 불가능했다. 쉬는 동안 내 한정된 채식 요리의 레퍼토리를 넓히고 싶었다.

가장 먼저 들었던 강좌는 비건 케이크 만들기 수업이었다. 버터, 계란, 심지어 밀가루도 쓰지 않고 디저트를 만들 수 있다니! 고소한 두부 크림 위에 봄의 제철 딸기를 듬뿍 얹은 딸기 타르트 케이크를 들고 귀가하는 길, 거의 두부 한 모를 넣은 케이크는 몹시 묵직했지만 내 발걸음은 가벼웠다. 밤에 먹어도 죄책감이 덜할 것 같은, 자극적이지 않고 속이 편한 타르트였다.

첫 베이킹 수업을 통해 나 자신에 대한 이해를 넓힐 수 있었는데, 그것은 나는 확실히 '베이킹형 인간'은 아니라는 깨달음이었다. 베이킹의 생명은 정확한 계량과 레시피 준수다. 스트레스를 풀려고 비누 만들기 수업을 듣다가 스트레스가 더 쌓인 적이 있는, 나처럼 성질 급한 인간에게 계량컵과 저울이 필요한 베이킹은 오랜 취미가 되기는 어려워보였다. 처음으로 만든 케이크는 정말 맛있었지만, 나는 디저트는 그냥 좋은 데서 사 먹자는 결론을 내리게 되었다.

좀 더 평소에 먹는 요리를 배우고 싶어 채소 초밥 만들기와 현미밥 반찬 클래스를 들었다. 알록달록한 채소 초밥이 손님 대접 요리로 좋을 것 같아 신청했다. 내심 생선 없는 초밥이 무슨 의미가 있나 싶었는데, 기대 이상으로 맛있었다. 특히 표고버섯을 사용한 채소 초밥은 장어덮밥 같은 맛이 나서 고기 좋아하는 사람에게도 충분히 권할 만했다. 그 외에도 집에서 만만하게 먹을 수 있는 된장국과 나물, 샐러드를 배워 평일 요리에 알차게 활용했다.

비건 요리는 아니었지만, 산티아고 순례길을 걸으면서 접했던 요리들을 만들어보고 싶어 스페인 요리 수업을 듣기도 했다. 손님맞이 코스로 낼 수 있는 여름 아몬드 수프, 앤쵸비 핀쵸, 감바스 알 아히요, 믹스 빠에야 만드는 법을 배웠다. 순례길에서 알베르게(순례자용 숙소)의 메뉴로 그렇게 많이 먹었던 빠에야인데도 만드는 과정을 본 건 처음이었다. 원래 빠에야는 스페인의 아버지들이 일요일 오후에 아내를 쉬게 하고 가족들을 위해 몇 시간씩 정성을 들여 만드는 음식이라고 한다. 빠에야는 양파를 제대로 볶는 데만 한 시간은 걸리는 어마어마한 요리라는 것을 알게 되었다. 아빠의 사랑이란!

요즘은 유튜브만 틀어도 온갖 요리 방송과 레시피가 넘쳐나는 세상이라, 요리를 배우기 위해 반드시 오프라인 클래스를 신청해 들을 필요는 없다. 다만 수업을 듣게 되면 강사들의 식재료에 대한 애정, 요리에 대한 철학, 그리고 그 요리 공간이 주는 기운에 많은 힘을 받을 수 있다. 내가 만난 요리 선생님들은 모두 건강하고 윤리적인 재료를 구매하고, 재료를 아낌없이 사용하고, 정성이 담긴 요리를 사람들에게 맛보여주고 싶어 하는 진심을 가진 분들이었다. 진정성 있는 직업인은 아름답다. 나는 요리 수업을 통해 단순히 레시피를 전수받는 것을 넘어 좋은 에너지를 많이 받았고 혼자 밥 먹는 휴직 생활을 재미있게 해나갈 수 있었다.

처음에는 다분히 경제적인 이유로 시작한 요리였지만 나는 점점 요리 과정 자체를 즐기게 되었다. 요리는 가장 실용적인 예술이었다. 아무것도 아니었던 채소들이 적당한 불과 물과 양념을 만나 요리가 되어가는 과정은 늘 흥미진진했다. 작가 유시민은 어느 인터뷰에서 집안일이라는 것은 요리를 빼면 모두 원위치시키는 노동이라며, 모든 가사노동 중에 요리가 가장 창조적인 행위라고 말하기도 했다.

요리는 위로이기도 했다. 회사를 안 간다고 해서 모든 날들이 행복하기만 한 것만은 아니었다. 하루 종일 어떤 의미 있는 것도 만들지 못한 것 같아 기분이 처지는 날에는 카레를 만들었다. 냉장고 속 떠돌이 재료를 전부 썰어 넣어 카레를 만들다 보면, 산발적으로 보낸 시간들도 언젠간 유의미한 결과물로 연결될 수 있을 거란 희망이 생겼다. 우울까지 더해진 날에는 시들어가는 사과에 설탕을 더해 달달한 사과잼을 만들었다. 가스레인지 옆에 의자를 두고 앉아 책을 읽으면서 잼을 젓다 보면 그 순간만은 타샤 튜더 할머니가 된 것처럼 마음이 너그러워졌다.

요리는 소비하지 않고 창조하는 법을 배우는 과정이었다. 좋은 버섯에 청경채와 숙주를 넣고 굴소스만 둘러도 중국집에서 사 먹는 값비싼 '요리'와 제법 비슷한 맛이 난다. 이는 뿌듯한 발견이다. 늘 김치를 사 먹기만 했는데, 처음으로 혼자 담근 깍두기가 생각보다 간단하고 맛있어서 놀라기도 했다. '매일 집밥 해 먹기'를 통해 적은 돈으로 건강하고 맛있게 먹고사는 법을 배워가고 있다. 거창하게 말하자면 외식 산업에 의존하지 않고 자급자족하는 법을 배우는 셈이다.

생각해보면 회사원으로서 전체 시스템의 아주 작은 부분만을 맡아 일한 이후로, 늘 '내가 시스템을 벗어나서 혼자 뭔가 의미 있는 걸 만들 수 있을까?' 하는 고민을 했다. 꾸준히 집밥을 해 먹으면서 적어도 내가 나와 내 가족의 입에 들어가는 음식은 책임질 수 있겠다는 자신감이 생겼다. 식단 기획, 재료의 구매, 완제품 생산, 출시와 피드백 수집까지. 여기서 직접 텃밭을 가꾸게 된다면 식생활에 있어서는 나름 자급자족 체계를 갖추게 되는 셈이다.

다시 일하게 된다면 지금만큼 요리를 해 먹기는 어려울 것이다. 사무실 속 삭막하고 권태로운 일상 속에서 나는 또 '핫한 동네에서 평일 런치 먹고 싶다!'고 부르짖게 될지도 모른다. '쉬면서 맛있는 걸 더 많이 사 먹었어야 하는데!' 하고 후회할지도 모르겠다. 다시 열심히 일할 미래의 나에게, 때때로 힘들고 지칠 나에게 응원을 보내고 싶다. 제철 채소를 부지런히 챙겨 먹고, 생전 안 해본 요리에 도전하고, 친구들을 불러 요리를 해줄 수 있는 여유로운 오늘이, 미래의 내가 더 건강하고 즐겁게 일할 수 있도록 하는 자양분이 되기를 바란다.

힘을 빼면
물에 뜬다

수영을 합니다

나는 얼마 전까지만 해도 사람이 물에 뜬다는 것을 믿지 않았다. 아니, 사람은 물에 뜨지만 나는 물에 뜨지 못할 거라고 생각했다. 힘을 빼면 물에 뜬다는데, 어떻게 물 위에서 힘을 뺄 수 있단 말인가! 나는 공기 속에서도 몸에 힘을 주는 사람인데 물 위에서 힘을 뺄 수 있을 리 없다. 힘을 빼려는 순간 꼬르륵 하고 가라앉아 코로 물만 먹고 말 것이다.

물을 무서워하던 내가 수영을 시작한 이유는, 생뚱맞지만 나의 최애 프로그램 〈그것이 알고 싶다〉 때문이다. 회사 생활의 어려움이 정점에 이르렀던 2년 전부터 나는 이 프로그램에 깊이 빠졌다. 특히 시사 고발보다는 강력 범죄와 사건 사고 에피소드를 집중적으로 보았다. 자극적이고 집중할 수 있는 콘텐츠를 보면 잠시나마 일상의 어려움을 잊을 수 있어서 좋았다. 그렇게 〈그것이 알고 싶다〉를 매주 토요일마다 본방 사수하기 시작하면서 내 가치관에는 변화가 일어났다. 좋게 말해 조심성이 많아졌고 나쁘게 말해 세상의 무서움을 알게 되었다. 어떤 일이 예고없이 일어날 수 있다는 것을 알게 되면서,

나는 모든 예상치 못한 불운에 대비하고 싶어졌다. 원치 않게 물에 빠지게 되는 경우에 대비하여 최소한의 생존 수영은 배워놓아야겠다는 생각이 들었다.

평일 오전, 여성 수영을 등록했다. 회사를 다니면서 는 다니기 어려운 시간대다. 수경과 수모, 강습용 수영 복을 샀다. 나는 첫 수영 시간에 수영장과 탈의실을 가 득 메운 어머님들의 활기에 깊이 감명받았다. 밖은 몹시 추운 날이었는데 탈의실 안은 훈훈하다 못해 더울 지경 이었다. 아침 수영은 오랫동안 꾸준히 나오는 분들이 많 아 친목 도모가 무척 활발한 듯했다. 수영장 안에서도 마찬가지였다. 내 나이의 두 배는 되어 보이는 분들인데 물개처럼 레인을 한참 돌고도 지친 기색이 없었다. 강습 이 끝나고도 몇 바퀴는 더 돌다가 샤워를 하는 분들이 대부분이었다.

초급반을 담당하는 강사 선생님께서는 나의 힘없는 '킥판 잡고 발차기'를 보시고는 평소에 운동을 가까이 하지 않는 수강생임을 알아챘다. 첫날에는 음파음파부 터 시작해서 팔 돌리기와 발차기를 배웠다. 수영장 레인을 돌 때도 나름의 규칙이 있다는 것과 수경을 쓴 자리에는 자국이 남는다는 것을 알게 되었다. 아, 그리고 수영을 하면 머릿결이 개털이 된다는 것도.

두 번째 강습일에는 자유영을 배웠다. 호흡은 못하고 1, 2미터 가다가 멈춰야 하는 실력이지만 그래도 물에서 뭔가를 할 수 있다는 것에 감동했다. 세 번째 강습일에는 배영을 배웠다. 뒤에서 선생님이 잡고 있는 상태에서 물 위로 천장을 보고 누웠다. 놀랍게도 몸이 떴다! 심지어 발차기를 하니 뒤로 쑥쑥 몸이 나가기까지 했다. 와, 사람은 정말 물에 뜨는구나!

관건은 힘 빼기였다. 팔과 다리는 힘있게 물을 밀어야 했지만 몸통 자체는 편안히 힘을 빼야 했다. 잘하려는 마음에 몸에 힘이 들어가면 어김없이 물을 먹었다. 사람은 물에 뜬다는 것과, 지켜보는 사람이 있으니 최소한 물에 빠져 죽지 않을 거라는 것을 기억하며 물에 몸을 맡긴다. 수영을 배운다기보다는, 물이라는 낯선 환경에서 겁먹지 않고 잘 어울리는 법을 배우고 있다.

고등학생 시절 야간자율학습 시간마다 선생님들은 순찰을 돌며 책상에서 조는 아이의 등짝을 한 대씩 때리곤 했다. 나는 자다가 등짝을 맞는 게 죽기보다 싫어서 아무리 졸려도 어떻게든 졸지 않으려고 애를 썼다. 몸에 잔뜩 힘을 주고 산 것은 아마 그때부터가 아니었을까. 대입, 학점 경쟁, 취업, 고과 경쟁으로 이어지는 레이스에서 나는 늘 긴장을 내려놓지 못했다. 조금만 긴장을 풀면 꼭 누군가가 "야, 정신 똑바로 차리랬지!" 하고 내 등짝을 때릴 것만 같았다.

명상과 요가를 하면서 내가 평소에 어깨와 목, 턱 주변을 얼마나 긴장시키며 살고 있는지 알게 되었다. 죽은 듯이 온몸에 힘을 빼는 '사바사나'가 나에게 가장 어색한 아사나였다. 그렇게 긴장하고 애쓰고 살아서 무엇을 얻었는지 생각해보면, 피로를 얻었던 것 같다. 긴장과 성과는 별도였다. 억지로 애를 쓴다고 잘하게 되는 것은 아니었다. 잘하기 위해서는 충분한 시간이 필요하고 운때도 맞아야 한다. 내가 애를 써도 절대 피할 수 없는 변수들은 늘 있기 마련이다.

내 새해 목표는 '힘 빼고 살기'와 '현재에 집중하기'이다. 그동안 내 목표는 뭘 하는 것과 무언가가 되는 것이었다. '어떻게 살자'가 목표가 된 것은 처음이다. 뭘 할지가 아니라 어떻게 살지에 대해서 고민하게 된 것. 이게 휴직 기간 동안 내가 얻은 가장 큰 변화이다.

휴대전화 없는
2주 명상
수련 후기

명상 수련을 다녀왔습니다

휴직 버킷리스트 중의 하나는 템플스테이나 명상 코스에 다녀오는 것이었다. 어떤 프로그램이 좋을지 알아보던 중에 담마코리아라는 단체에서 주관하는 위빠사나 명상 10일 코스를 알게 되었다.

실제 코스는 10일간 진행되지만 센터 등록과 마무리를 위해 앞뒤로 하루가 더 필요하기 때문에 총 12일을 비워야 했다. 게다가 휴대 전화를 반납하는 등 외부와 연락이 불가하고, 일체의 읽고 쓰는 행위를 할 수 없으며 10일간 묵언해야 한다고 했다. 엄격한 채식이 제공되는데 열두 시 이후론 먹지 않는 오후 불식이 원칙이고, 저녁은 간단하게 과일과 차 정도만 제공되기 때문에 하루 두 끼를 먹는 것과 마찬가지라고 했다. 기간이 길고 규정이 엄격해보여 마지막까지 고민하다, 지금이 아니면 또 언제 12일간 자리를 비울 수 있겠냐는 생각에 신청서를 접수하게 되었다.

가족들은 이상한 사이비 단체 아니냐며 걱정을 했다. 검색해보니 이곳은 국제적으로 200여 개 지부에서 동일한 명상 프로그램을 운영하고 있는데 순수 기부제로 운영된다. 한국에서는 10년도 전부터 명상 코스를 운영해왔고 지금은 전북 진안에 센터가 있다. 가족들은 기부제로 운영되는 게 더 수상하다며, 다단계처럼 마지막에 금전을 요구하는 것 아닌지 떠나는 날까지 걱정을 했다. 갑자기 불안해져 인터넷상의 거의 모든 후기를 읽어봤는데 이상한 곳처럼 보이진 않았다. '정말 힘들었지만 좋은 경험이었다.', '올해 한 일 중에 가장 잘 한 일이다.'라는 명상 후기를 읽고는 망설임을 버리고 진안행 버스에 몸을 실었다.

도착해서 사무실에 귀중품과 휴대전화, 읽고 쓸 거리들을 자발적으로 반납했다. 다이어리를 반납할 때 조금 망설였지만 쿨하게 모든 속세의 물건들을 반납하고 1인실 방에 들어가자 사방이 고요해지는 느낌이었다. 휴대전화 없이 산 적은 있어도 책과 노트가 없었던 경험은 처음이라 낯설고 어색했다. 게다가 묵언이라니, 아무것도 할 수 없이 그저 사색과 숨쉬기밖에 할 수가 없었다.

명상 코스 중에는 기본적으로 네 시에 기상하고 아홉

시 반에 취침하며 하루 세 시간은 의무적으로 명상 홀에서 단체 명상을 하고 한 시간 정도 법문을 들어야 했다. 그 외에 여덟 시간은 자율적으로 명상 홀이나 숙소에서 명상을 할 수 있다. 즉 하루 열두 시간은 명상을 하거나 법문을 듣는, 완벽한 스님 체험을 하게 되는 것이다. 자는 시간까지 포함하면 거의 하루 내내 눈을 감고 있는 셈이다!

방에 혼자 있으니 잡생각과 자고 싶다는 생각만 들었다. 그래서 명상이 잘 되든 안 되든 무조건 명상 홀로 갔다. 겉으로는 열한 시간을 열심히 명상하는 성실한 수련생이었지만 속에는 온갖 망상과 번뇌가 가득했다. 마음속에서 나는 10년 전을 회상했다가 10년 뒤를 계획했다가 혼자 상상 속에 울고 웃었다. 가끔 수련하다가 몰래 눈을 뜨고 다른 사람들은 잘 하고 있나 둘러보곤 했다. 선정에 잠겨 있는 것처럼 보이는 수련생들이 정말 실제로 명상을 하고 있는지, 아니면 나처럼 딴 생각을 하는지도 몹시 궁금했다.

처음 3일은 '아나빠나'라고 불리는 호흡 명상을 한다.

호흡에 집중하며 몸의 감각을 예리하게 만드는 연습이다. 첫날은 그저 호흡을 지켜본다. 둘째 날은 코 전체에서 시작해서 입술 위까지의 큰 삼각형 내의 감각에 집중한다. 셋째 날은 좀 더 범위를 좁혀 코끝부터 입술 위까지의 작은 삼각형 내의 감각을 집중한다. 이 아나빠나를 할 동안은 자세를 바꾸거나 다리를 편하게 하는 것이 허용되었다. 하지만 기본적으로 오랫동안 앉아 있는 것이 익숙하지 않아 갑갑하고 지루해서 죽을 것 같았다. 말이 호흡을 관찰하는 것이지 딴생각을 하기 일쑤였다. 문제는 딴생각을 해도 시간이 잘 가지 않는다는 점이다. 차라리 명상에 집중하는 게 시간이 잘 갔다.

명상을 하는데 자꾸 눈물이 났다. 첫날은 가족들 생각에 눈물이 났고 둘째 날은 회사에서 겪었던 일이 떠올라 눈물이 흘렀다. 셋째 날은 명상이 끝날 때쯤 눈물을 쏟았다. 여기서는 모든 명상의 마무리에 명상 지도자인 고엔카 선생님의 챈팅이 함께하는데, '모든 존재가 행복하기를'이라고 말하면 수련생들이 동의한다는 의미로 '사두 사두 사두'라고 답하며 명상을 마무리한다.

어떤 종교적 의식이 아니기 때문에 정말 동의하는 사람만 답을 하면 되었다. 늘 '모든 존재가 행복하기를'이라는 말을 들을 때마다 떠오르는 얼굴이 있었다. 세상 모두가 행복해도 너만은 불행하면 좋겠어, 라고 뾰족한 생각이 떠오르는 그 얼굴이 지워지지 않아 나는 '사두 사두 사두'를 말하지 않았다. 셋째 날, '모든 존재가 행복하기를'을 듣는데 갑자기 눈물이 쏟아졌다. 그 사람만은 절대 용서할 수 없다고 생각했는데, 사실 내가 가장 용서하지 못했던 것은 나 자신이었다는 것을 깨달았다. 내가 용서할 수 없는 사람은 그가 아니라 그 사람에게 제대로 대처하지 못하고 상황에 끌려다녔던 나 자신이었다. 나는 '사두 사두 사두'를 거부하면서, 무력하고 어리석었던 나 자신을 용서하지 못한 것이다. 절대 행복해선 안된다고 말하면서. 그걸 깨닫고 나니 나 자신에게 미안해서 눈물이 났다. 진심으로 내가 행복했으면 좋겠다고 생각했다. 나는 그날 이후로 '사두 사두 사두'를 진심으로 말할 수 있게 되었다.

넷째 날부터 위빠사나 명상에 들어간다. 호흡을 관찰

하는 것에서 확장하여 이제는 머리끝부터 발끝까지 스캔하듯이 몸의 미세한 감각을 순차적으로 관찰하게 된다. 이때부터 하루 세 번의 단체 명상 시간에는 한 시간 동안 몸을 움직일 수 없다. 쥐가 나고 몸이 가려워도 한 시간 동안 몸을 움직이지 않고 평정심을 유지하며 감각을 관찰하는 것이다. 이것을 '아딧타나(강한 결정심)'라고 불렀다. 첫 아딧타나는 충격이었다. 단지 앉아 있는 게 이토록 힘들 수 있다니 놀라웠다. 처음 30분은 할 만하다가, 45분째가 되면 미칠 것 같았다. 마지막 10분은 명상을 포기하고 머릿속으로 아이돌 노래를 불렀다. 노래 한 곡에 3분이라고 가정하면 대략적인 시간 계산을 할 수 있었다.

가장 절망적인 순간은 다리 저림을 참지 못하고 몰래 다리를 움직여 자리를 바꾸었는데 바꾼 그 자리에서 쥐가 날 때였다. 인생에서 고통은 피할 수 없다는 것을 뼈저리게 느꼈다. 인체 공학적으로 방석을 배치해서 고통을 줄여보려 해도, 한 자세가 오래 계속되면 무조건 어딘가가 아팠다. 영원히 안 끝날 것 같던 한 시간의 명상이 끝나자 나는 또 눈물이 났다. 편안히 앉아 있는 것조차 한 시간이 되면 고통스러운데 세상에 완전하고 영원한 행복이란 건 없겠구나, 라는 생각에서였다. 그동안 내가 해온 모든 일들은 그저 한 자세가 고통스러우면 다른 자세로 도망치는 일이었다. 그런데 또 시간이 지나면 어김없이 고통이 찾아왔다. 이젠 정말 자리를 바꾸지 않은 채 현재의 고통을 직면하고 관찰하는 법을 배워야겠다고 생각했다.

다섯째 날부터 마지막 날까지 계속 위빠사나 명상을 하면서 고통에 반응하지 않는 법을 배웠다. 끔찍한 다리의 고통을 잊으려면 다른 부위의 감각에 집중하는 방법밖에 없었다. 다리에서 난리가 나더라도 머리의 감각에 집중했다. 머리에서 목으로, 가슴으로, 팔로, 천천히 내려와 다시 다리에 감각을 집중하고는 발을 거쳐 다시 머리로 돌아갔다. 이렇게 몸의 감각에 집중하다 보면 어떤 감각도 영원히 지속되진 않는다는 것을 경험적으로 깨닫게 된다. 그리고 다리 저림을 고통으로 생각하지 않고 그저 감각일 뿐이라고 받아들이기 시작하면 훨씬 견딜 만하다는 것을 알게 된다.

모든 것은 변한다는 것은 부처님 시대의 언어인 팔리어로 '아니짜(무상)'라고 한다. 위빠사나 명상을 계속 하다보면 이 진리를 지적 차원이 아니라 경험적 차원에서 몸으로 깨닫게 된다. 어제는 다리가 너무 아팠는데 오늘은 다리가 멀쩡하고 어깨가 아프다. 방금 전까지 등에서 미세한 감각을 느꼈는데 지금은 거칠고 둔한 감각밖에 느껴지지 않는다 등등. 그래서 고엔카 선생님은 법문에서 그 어떤 감각도 갈망하거나 혐오하지 말라고 했다. 왜냐하면 그 어떤 것도 영원히 지속되지 않기 때문이다. 무상하기 때문이다. 그러므로 그저 아니짜, 아니짜, 하며 감각을 관찰하라고 했다. 이런 식으로 감각에 반응하지 않고 평정을 유지하는 훈련을 계속하면 일상 생활에서 힘든 일이나 기쁜 일을 겪을 때 마음의 평정을 유지할 수 있다.

명상의 놀라운 효과를 체험한 것은 일곱째 날이었다. 그날이 가장 힘들었기 때문이다. 과거에 내 딴엔 잘 해보려고 머리를 이리저리 굴려가며 어떤 선택을 했었다. 그런데 명상을 하다가 그 선택이 예상치 못한 결과를 낳았다는 것을 깨달았다. 시간을 과거로 돌려 바로잡고 싶었지만 천만금을 줘도 과거로 돌아갈 수는 없었다. 나는 몹시 괴로워졌고 내가 미워졌다. 묵언을 깨고 누구라도 붙잡고 '저 아직 괜찮죠? 괜찮겠죠? 괜찮을까요?' 하고 호소하고 싶을 정도로 힘들었다. 마음 정리가 안 된 상태로 단체 아딧타나 명상에 들어가야 했다.

그런데 명상을 시작할 때만 해도 너무나 괴로웠던 마음이, 한 시간 동안 몸의 감각에 집중하자 놀랍도록 평화로워졌다. 어깨 통증에 쌓여 있는 내 화를 보았다. 가슴 통증에서 느껴지는 우울함을 보았다. 아무 감각도 없는 다리에서 슬픔을 보았다. 하지만 그 감각들은 영원하지 않고 계속해서 변하고 있었다. 그러니 이것도 곧 지나갈 것이다. 모든 것이 무상하다고 생각하니 마음이 점점 가벼워졌다. 울면서 시작한 명상을 한 시간 뒤 웃으면서 마치고 나자 집으로 돌아간 뒤에도 꼭 명상을 계속해야겠다고 다짐했다.

어떤 것도 영원할 수 없는데 우리는 무언가를 갈망하고 혐오한다. 원하는 일이 잘 되지 않을 때, 또는 원치 않은 일을 마주할 때 느끼는 부정성이 우리 자신을 고통으로 몰아넣는다. 속세의 생활은 대개가 부정성을 끊임없이 개발하는 일이었다. 회사 생활 역시 그랬다. 일에 대해 그리고 사람에 대해, 싫은 것이 갈수록 많아졌다. 잘 웃고 선한 사람이 바보가 되는 특유의 분위기가 있었다. 남에게 부정성을 강하게 드러낼수록 노련하고 프로페셔널하고 세련되어 보이는 이상한 사회였다. 나는 그곳에서 매주, 매월, 매년 경력을 쌓는다는 명목으로 부정성 위에 부정성을 쌓아 왔다. 그건 전적으로 내무지 탓이다. 비유하자면 마치 남들이 다 담배를 피우니나도 담배를 피우는 것과 비슷했다. 부정성을 쌓는 것이 나 자신을 얼마나 힘들게 하는 것인지 알았더라면, 남들이 다 그런다고 해서 나까지 따라하지는 않았을 것이다.

명상을 하면 과거의 일들이 맥락 없이 하나씩 떠올랐다. 완전히 잊고 있었던 초등학교 때 첫사랑의 얼굴이

툭, 하고 떠오르기도 했고 어렸을 때 부모님과 같이 간 장소라든가, 그때 먹은 음식이라든가 그런 기억들이 뜬금없이 떠올랐다. 한때 인연을 맺었던 여러 사람들의 얼굴도 떠올랐다 사라졌다. 그때 당시에는 그것들이 영원할 줄 알았다. 하지만 어떤 것도 영원하지 않았다. 그렇게 작았던 나는 이만큼 컸고 그렇게 젊었던 엄마 아빠는 그만큼 늙었다. 소중한 사람들을 한 명 한 명 떠올려 보며 앞으로 함께할 시간이 얼마 남지 않았음을 생각했다. 지금까지 일과 진로, 미래에 대해서만 생각했는데, 처음으로 그것보다 더 큰 것에 대해 생각해보았다. 즉, 태어남과 죽음, 늙어감에 대해, 한 세대가 다음 세대로 이어지는 것에 대해 생각해볼 수 있었다.

명상할 때마다 반복하는 '아니짜'에 현재가 몹시 소중하게 느껴졌다. '인생은 한 번 뿐'이라던가, 내일 죽을 것처럼 오늘을 살자는 말을 나는 잘못 이해하고 있었다. 그건 반드시 회사를 때려치우고 세계 여행을 떠난다거나 내일이 없는 것처럼 진탕 술을 먹는 등, 하고 싶은 것을 다 하고 살라는 뜻이 아니었다. 그것은 현재에 살라는 뜻이었다. 그냥 이대로 살다가 내일 죽더라도 아쉽지 않을 만큼, 나의 오늘이 행복해야 했다. 회사를 다니더라도 오늘 내게 주어진 시간과 공간을 소중히 하고, 선하고 평화로운 마음으로 사람들을 대하고, 남의 부정성에 내 마음을 다치게 하지 말아야 했다. 만약 그것이 도저히 불가능한 환경이라면 돈과 안정, 인정에 대한 집착을 내려놓고 사뿐히 떠날 수 있어야 했다. 왜냐하면 모든 것은 변하고, '나'도 '내 것'도 없으며, 우리는 곧 늙고 병들어 죽을 것이기 때문이다.

힘들다면 힘든 10일 명상 과정을 버티게 해준 것은 밥심이었다. 순수 채식 식단으로 구성되는 이곳의 밥은 정말 맛있다. 기교없이 단순한 반찬이었지만 항상 정성이 가득했고 먹고 나면 속이 편안했다. 아침에는 간단히 죽과 토스트가 제공되고 점심은 두세 가지 반찬과 국이 나오는데 늘 적게 먹어야지, 하면서도 음식에 대한 집착만은 버리기 어려웠다. 나름 끼니 때마다 많이 먹는다고 먹었는데도 집에 가서 몸무게를 재어보니 2킬로그램이 빠져 있었다. 확실히 속세에 있을 때보다 적게 먹고, 건

강하게 먹고, 늦은 밤에 먹지 않으니 다이어트가 되는구나 싶었다.

코스 중에는 자원봉사자나 지도 선생님과 수련에 대해, 또는 생활의 불편함에 대해 언제라도 이야기할 수 있었다. 하지만 수련생들끼리는 '거룩한 침묵'을 유지해야 했다. 대화를 비롯한 일체의 접촉을 해서는 안 됐기 때문에, 아침에 눈을 뜬 이후론 복도에선 늘 고개를 숙이고 다녔다. 혹여 다른 수련생과 부딪히게 될까봐 적당한 거리를 두고 다녔고, 사람의 얼굴을 빤히 본다거나 우산을 함께 쓰는 등의 접촉도 하지 않았다. 한번은 식당에서 밥을 먹는데 정전으로 인해 잠시 불이 꺼진 적이 있다. 보통의 경우였다면 정전이 된 모양이라며 옆사람과 대화를 했겠지만 우리는 '거룩한 침묵' 중이었기 때문에 스무 명 남짓한 수련생들 모두 아무 말 없이 어둠 속에서 눈앞의 밥에만 집중했던 기억이 있다.

11일째 되는 날, 거룩한 침묵이 해제되고 수련생들은 다음 차수 수련생들을 위해 기부를 한다. 보통 우리는 내가 먹고 자고 수업을 듣는 것에 대해 값을 지불하는데, 그러면 이것이 '내 것'이라는 집착과 분별심을 갖게 된다. 내가 돈을 얼마를 냈는데 왜 밥이 이렇게밖에 안 나오느냐, 는 식이다. 하지만 이곳은 구수련생들의 보시로 다음 차수가 운영되고, 남의 보시로 코스를 마친 수련생들이 또 다음 차수에 대한 보시금을 내는 식으로 운영된다. 스님이 탁발을 하여 밥을 얻어먹는 것처럼, 비록 12일 간이지만 남의 보시로 살아보는 경험을 하는 것이다. 일체 금액에 대한 제한이나 강요는 없었다. 물질적으로 보시하기 어려운 경우 쌀 같은 식료품을 보낸다거나, 시간이 될 때 와서 봉사를 하는 식으로 단체에 도움을 줄 수 있다. 나는 현금으로 보시를 하긴 했지만 여기서 받은 것에 비해서는 한참 부족한 금액이라고 생각한다. 다음에 시간이 된다면 며칠이라도 와서 봉사를 하고 싶다.

12일의 코스를 마치고 나오며 휴대전화를 돌려 받았다. 근 2주간 쌓인 뉴스들을 볼 엄두가 나지 않았다. 카톡을 켜자마자 잊었던 부정성이 떠오르는 것을 보니 속세에서 부정성을 내지 않기란 참 어려운 일인 것 같다.

옆자리에서 같이 명상한 사람들과 오랜 묵언을 깨고 이야기를 나누며 진안 터미널로 왔다. 옆자리 언니의 친구분이 차를 타고 마중을 나와 있었다. 속세와 한동안 단절되었던 우리는 그 친구분에게 지난 12일간 한국에 무슨 일이 있었는지를 물었다.

"포항에 지진이 나서 수능이 일주일 연기됐어요."

"에이, 거짓말하지 마세요."

"진짠데? 아 그리고 북한군 한 명이 공동 경비 구역 넘어와서 귀순했어요. 총 몇십 발 맞았는데 다행히 수술하고 살았어요."

"에이, 거짓말 너무 잘하시는 거 아니에요?"

놀랍게도 그의 말은 모두 진실이었다. 과연 다이내믹 코리아!

산티아고
길을 걷는
100가지 방법

순례길을 걸었습니다

"너 가톨릭 신자야?"

"아니."

"그럼 원래 걷기를 좋아해? 등산 같은 거?"

"아니, 나는 10분 거리도 버스타는 사람이야."

"그럼 왜 여기에 왔어?"

"그러게. 나도 이젠 잘 모르겠다."

산티아고 순례길을 걸으면서 가장 많이 주고받는 질문은 "너는 왜 여기에 왔어?"다. 그 질문을 받을 때마다 가톨릭 신자도 아니고 걷기를 좋아하지도 않는 내가 여기에 온 이유를 생각하게 된다. 얼마 전까지만 해도 멀쩡하게 회사를 다니던 내가 어쩌다 먼 이국땅까지 와서 하루에 다섯 시간씩 걷게 된 걸까?

휴직원을 제출할 즈음 나는 인생의 첫 자발적 안식기를 잘 보내야 한다는 비장함과 조급함에 가득차 있었다. 1년이나 쉬는데, 지금이 아니면 할 수 없는 뭔가를 해야 해! 앞으로 어떻게 살면 좋을지 깊이 고민해보고 바닥부터, 뿌리부터 인생을 변화시키고 싶었다. 가장 좋은

'자아 찾기'의 장소를 고민하던 중에 영화 〈나의 산티아고〉가 생각났다. 성공 가도를 달리던 독일의 인기 코미디언이 갑작스러운 건강 악화로 수술을 받은 후에 산티아고 순례길을 걸으며 자기 자신을 돌아본다는 내용이다. 그래, 제주 올레길의 모태가 산티아고 순례길이라고 했지. 왠지 이 길을 걸으며 고독한 자아 찾기의 시간을 보내면 뭐든지 할 수 있을 것 같았다.

휴직계를 낼 때의 그 추진력으로 나는 스페인 순례길 카페에 가입해 게시물들을 정독했다. 스페인행 비행기표를 샀다. 사람들이 추천하는 을지로 어딘가의 아웃도어 매장 거리에 가서 50리터짜리 배낭을 샀다. 몸에 비해 많이 컸지만, 구입한 배낭을 메고 매장을 나서는 순간 왠지 내가 더 강하고 용감해진 것 같았다.

산티아고 순례길 중 내가 걸은 길은 프랑스 생장피에드포르에서부터 출발해 성 야고보가 묻힌 스페인 산티아고 데 콤포스텔라까지 향해 걷는 800킬로미터의 여정이다. 순례길 첫 숙소였던 오리손 산장은 앞으로의 순례길이 어떠할지를 미리 체감하게 해주는 곳이었다. 첫

날부터 피레레 산맥을 넘느라 기진맥진했던 나는 산장에 도착하자마자 점심을 주문했다. 치즈 샌드위치를 시켰더니 정말 긴 바게트 사이에 치즈만 달랑 끼워진 투박한 샌드위치가 나왔다. 도미토리에 체크인을 하자 산장 주인은 동전 하나를 주며 3분동안 샤워를 할 수 있는 동전이라고 했다. 먼저 샤워실을 쓴 할머니는 친절하게 3분 내에 모든 용무를 마칠 수 있는 팁을 알려주었다.

"먼저 머리에 샴푸를 짠 후에 동전을 넣어. 손으로는 머리를 감고 발로는 빨래를 밟아. 우선 순위는 머리야. 머리를 먼저 헹구지 않으며 큰일나."

산티아고 순례길은 과연 검소하고 소박한 길이었다.
순례길에서는 배낭을 매고 하루에 20~35킬로미터를 걷는다. 배낭의 무게까지 합쳐 5킬로그램 내외가 되도록 가볍게 짐을 싸야 지치지 않고 걸을 수 있었다. 얇은 겉옷, 우비, 상하의 각 두 벌과 속옷 두 벌, 로션과 선크림, 치약과 칫솔, 얇은 노트와 휴대전화 충전기가 짐의

전부였다. 고체 샴푸 하나로 머리부터 몸을 다 씻었는데 그것도 무거워 반으로 쪼개 친구에게 주었다. 처음에는 더 많은 옷과 화장품, 카메라, 책 등을 갖고 왔지만 그것마저도 무거워 택배로 최종 목적지까지 보내버렸다. 최소한의 것만 갖고 사는 한 달은 의외로 불편함 없이 즐거웠다. 하루 대여섯 시간을 걷고 숙소에 돌아오면 그날 입은 옷을 손빨래해서 널었다. 창문을 통해 이베리아 반도의 햇살 아래 바싹 말라가는 빨래를 보며 낮잠 시간을 가졌다. 뭘 입을지 뭘 바를지 고민할 필요가 없는 단순한 생활이었다. 나중에 산티아고에 도착해서 내가 보냈던 택배 상자를 열자 각종 화장품과 여벌옷이 가득했다. 이렇게 쓸모없는 게 많을 줄이야, 하고 탄식했다.

순례길은 산티아고라는 하나의 종점을 향해 걷는 하나의 길이지만 그 길을 걷는 방식은 사람마다 다르다. 한국인들은 대체로 매우 부지런하게 걷는 편이었다. 아침 일찍 해도 뜨기 전에 일어나 걷기 시작했다. 그러다가 일곱 시쯤 도착한 마을의 카페에서 커피와 빵으로 간단하게 아침을 먹으며 30분 정도 쉰다. 그리고 다시 부지런히 걸어 날이 더워지기 전, 점심 때쯤 목적지에 도착한다. 이들은 순례길 사무국에서 나누어준 책자를 교본처럼 읽으며 권장 일정 내에 순례를 마친다.

그에 비해 좀 더 느긋하게 걷는 사람들이 있다. 좀 더 천천히 일어나 짐을 꾸린다. 해가 서서히 밝아오는 것을 보며 걷기 시작하다가, 아침을 먹으러 간 카페에서 한 시간쯤 앉아 있는다. 느리게 걷다 점심 식사를 하러 들어간 곳에서 다른 사람들과 이야기를 하다 흥이 올라 와인을 시켜 마시는 식이다. 이들에게 한 달은 부족하다. 실제로 하루에 10킬로미터 이하만 걸으며 아주 느리게 순례길을 즐기는 한국 여성을 만난 적이 있다. 독보적으로 느리게 걸었기 때문에 그녀는 누구와도 일행을 꾸리지 않았고 매일 사람들과 이별하면서도 자기의 속도로 꿋꿋이 걸었다.

순례길에는 도시마다 알베르게라고 불리는 순례자 숙소가 있다. 열심히 20킬로미터를 걸어갔는데 그곳의 숙소가 만실이면 다시 10킬로미터를 더 걸어야 하는 불상사가 생기기도 한다. 그렇게 걸어간 곳에도 만약 빈방이 없으면? 나는 까리온 산타마리아 알베르게에서 해가 질 때쯤 도착한 순례자가 신발장 옆에 매트를 까는 것을 보았다. 어디서든지 한몸 누일 곳은 있다. 다만 쾌적함을 장담할 수 없을 뿐이다. 그 불확실성을 견디지 못하는 사람들은 숙소를 미리 예약한다. 그들은 매일매일 숙소에서 까미노 안내 책자를 보면서 다음 숙소에 전화를 하고, 숙소가 정해지고 나서야 안도의 한숨을 쉬며 침대에 눕는다.

반면 또 어떤 사람들은 숙소를 미리 정하는 것을 혐오한다. 먼 곳까지 걸으러 와서, 본인을 정해진 일정 안에 가두는 것을 참을 수 없는 사람들이다. 이들은 걷다가 날씨나 본인 컨디션을 보고 15킬로미터만 걷고 멈춰 쉬기도 하고, 컨디션이 좋으면 40킬로미터까지 걷기도 한다. 공립 알베르게든 사립 알베르게든 어디든지 자리 하나는 만들 수 있을 거라고 낙관한다.

먹지도 마시지도 않고 미친듯이 걷기만 하는 사람들도 있다. 스스로 가진 육체의 한계를 깨기라도 하듯, 아니면 먼 과거에 저지른 죄를 속죄하기라도 하듯 아침부터 저녁까지 정말 걷기만 한다. 알베르게에서 와인과 함께 즐거운 저녁 식사를 하고 있을 때, 문을 부수듯이 들어온 한 순례자가 그랬다. 40킬로미터를 걸어와 몹시 지쳐 보이는 그녀에게 주인장이 음식을 권했지만 그녀는 샤워만 하면 된다고 손사레를 치고는 본인의 침대로 다시 열심히 걸어갔다.

같은 길을 걸었지만, 과연 우리는 똑같이 걸은 것일까. 산티아고 순례길에서 내가 느낀 건 같은 길도 무수히 다른 방식으로 걸을 수 있다는 것이다. 매일 숙소에서 새로 만난 친구들과 와인 파티를 벌이는 순례자와, 혼자 성경을 읽으며 묵상하듯 걷는 순례자의 순례는 다르다. 하루 40킬로미터 이상을 걸으며 걷기 기록을 갱신하는 순례자와, 길가에 핀 들꽃 하나하나에 눈을 맞추던 순례자는 이 길을 다르게 기억할 것이다. 그렇다면 같은 회사에서 비슷한 일을 하더라도, 그 일을 하는 방식과 하루를 보내는 방식은 무수히 다를 수도 있지 않을까. 그렇다면 무엇을 하는지가 아니라 어떻게 하는지가 중요한 게 아닐까.

나는 내가 한국만 떠나면, 회사만 벗어나면 기꺼이 모험을 감수하는 순례자, 자유로운 히피 같은 여행자가 될 거라 생각했지만 그렇지는 않았다. 사실 매일매일 모든 수단을 동원해 숙소 후기를 검색한 뒤 베드버그가 나온 적 없는 가장 깔끔한 사립 알베르게에 예약을 걸어놓는 순례자였음을 고백한다. 혹시 예약을 받지 않는 경우에는 숙소가 만실이 되기 전에 도착하고자 새벽부터 일어나 열심히 걸었다. 비가 오는 날 원하는 숙소에 자리를 잡기 위해 우비를 쓰고 뭔가에 쫓기듯이 빠른 속도로 걸어가는 나를 보고 지나가는 순례자는 "너 괜찮니?"라고 묻기도 했다. "그럼, 아무 문제없어!"라고 말하면서 나는 그쪽을 볼 틈도 없이 부지런하게 앞으로 앞으로 걸어갔다.

여행을 가면
자아를 찾을 수
있나요

혼자 여행을 다녀왔습니다

산티아고 순례길을 걸은 후 한동안 유럽에 있었다. 스페인에 오래 머물렀고 동유럽의 여러 나라를 거쳐 아이슬란드에서 한국행 비행기를 탔다. 교환 학생 시절을 제외하면 가장 긴 해외여행이었다.

돈을 벌지 않고 펑펑 쓰기만 하는 시간들은 과연 즐거웠다. 하지만 그렇다고 여행하는 모든 순간이 인스타그램 필터를 씌운 것처럼 빛나고 달콤하기만 한 것은 아니었다. 누군가의 책처럼 친절하고 다정한데 영감까지 주는 사람들을 만나기는 쉽지 않았고, 누구의 블로그처럼 매일이 스펙터클한 모험으로 가득하지도 않았다.

낯선 언어로 가득한 버스에서 목적지 안내 방송을 놓칠까 바짝 긴장하고, 어둑어둑한 가운데 낯선 도시에서 혼자 캐리어를 탈탈탈 끌고 숙소를 찾는 일은 피곤했다. 길치인 나는 길을 헤매다 많은 시간을 허비하기 일쑤였고 오늘 보려던 것을 다 못 보는 경우가 허다했다. 가방에 손을 넣을 때마다 지갑과 휴대전화의 위치를 확인하며 가슴을 쓸어내렸다. 도미토리에서 새로운 친구를 사귀는 게 즐거운 것도 하루이틀이지, 여행이 두 달이 넘어가자 누구와도 말을 섞고 싶지 않을 정도로 지쳤다. 포털사이트에 '여행 번아웃'을 검색하니 '번아웃이 오면 여행을 떠나세요.'라는 답밖에 나오지 않았다. 아니 '여행 번아웃'이 오면 어떡하냐구요. 집으로 돌아가야 하는 건가요?

이게 아닌데, 휴직까지 하고, 이렇게 멀리 여행까지 와서, 바랐던 건 이게 아닌데.

갑갑함이 쌓여가던 어느 날 스페인 말라가에서 말라게타 해변을 향해 걷던 중이었다. 횡단보도에서 신호가 바뀌길 기다리던 중 마음의 소리가 들려왔다.

'너, 잘하고 싶었구나.'

갑자기 울컥 하고 눈물이 났다. 아, 나는 여행마저도 잘하고 싶었구나. 길도 잘 찾고 일정도 잘 짜고 친구들도 많이 사귀는 외향적인 행복한 여행자가 되고 싶었구나. 잘하지 않고 내려놓으려고 멀리 왔는데, 여기에서도 잘하고 싶었구나.

횡단보도에서 터진 울음은 결국 혼자 공원 벤치에 앉아 엉엉 소리를 내며 울고 나서야 잦아들었다.

'응, 잘하고 싶었어. 어디에 있든 최고로 잘하고 싶었어. 근데 못 했어. 잘하지 못한다고 생각하니까 힘들었어. 왜냐하면 잘하고 싶었거든.'

'잘하고 싶었구나.'라는 말은 그 어떤 말보다도 나를 있는 그대로 보게 해주는 말이었다. 뭘 해야 한다거나 뭐가 되어야 한다가 아니라 그냥 내가 그랬구나, 그래서 그랬구나 하고 담담하게 다독일 수 있게 해주는 말이었다. 그 말을 서른 번쯤 되뇌이고 난 뒤에야 울컥하는 마음이 사라졌다.

잘하고 싶었구나. 나는 이런 나를 보러 그 먼길을, 온전히 혼자가 되기 위해서 왔구나.

순례길 800킬로미터를 걷고 난 뒤에도 거창한 자아 같은 건 찾지 못했지만, 지금 여기서 잘하려고 애쓰는 나를 만났다. 안정과 안전, 사랑과 인정을 갈구하고 항상 잘하고 싶어 애쓰는 약한 인간. 그냥 나는 이런 사람이고, 나는 이런 나를 데리고 평생을 살아야 한다는 것을 받아들이게 되었다.

그날 이후 나는 잘하려고 하지 않는 연습을 하기 시작했다. 여행하기 싫은 날에는 숙소에서 라면을 끓여 먹으며 한국 예능을 보았다. 관광지에는 가지 않고 하루종일 바닷가에서 빈둥거리거나 대형 쇼핑몰을 찾아 쇼핑을 하기도 했다. 월급과 경력을 내려놓고 온 여행인데, 다시 언제 올 수 있을지 모르는데도 시원한 스타벅스에서 휴대전화를 보며 빈둥대는 재미는 이루 말할 수가 없었다. 물론 잘하고 싶은 마음을 다 내려놓지는 못했다. 열심히 여행자로서의 의무를 다하는 날들과 게으르고 느린 장기 체류자 사이를 왔다갔다하면서 백여 일간의 유럽 체류를 마쳤다.

나는 늘 혼자 떠나는 장기 배낭여행을 동경했던 사람이었다. 자라며 접한 여러 책들과 미디어의 영향도 있었지만 늘 트랙 안에서 모나지 않게 살아온 삶에 대한 저항감 때문이기도 했다. '세계일주 바이블'같은 책을 사모으거나 미리 각 지역의 풍토병 주사를 맞을 계획을 세울 정도로 열정적인 때도 있었다. 내가 지금 손에 쥐고 있는 것들을 버릴 만큼 여행이 가치있는지를 확신하지 못해 주저주저하며 시간을 보냈다. 그러다 결국 휴직을 하고, 여행을 떠났다.

떠나보고 알게 된 것은 떠나봤자 별거 없다는 것이다. 하지만 하고 싶었던 것을 결국 해보고나니 왜 많은 책들이 하고 싶은 걸 하고 살라고, 일단 해보라고 하는지 알겠다. 해보지 않은 일은 영원히 막연한 동경과 환상 속에 있게 되기 때문이다. 일단 해봐야 그 일의 실체를 알 수 있고 그 일을 계속하든, 포기하든 다음 단계로 넘어갈 수 있다. 그리고 자신이 원하는 일에 직접 부딪혀 보는 과정을 통해 나는 어떤 사람인지, 진정 무엇을 원하는지에 대한 이해가 깊어지기 때문에 다음 단계에선 좀 더 현명한 선택을 할 수 있게 된다.

만약 휴직하지 않았더라면, 그리고 여행을 떠나지 않

았더라면 나는 지금도 휴직의 대차대조표를 그리고 있었을 것이고 서점에서 여행기만 사 모으고 있었을 것이다. 아니면 내 욕망은 외면한 채 신포도론으로 나의 용기가 없음을 합리화하는 사람이 되었을지도 모르겠다.

이 여행을 통해 나는 정말 하고 싶은 것이 있다면 고민하고 계획하는 데에 많은 에너지를 쏟기보다는, 일단 저지르고 그 후에 어떻게 수습할지를 고민하며 앞으로 나아가는 것도 하나의 방법임을 배웠다.

여행에 돌아온 직후 나는 이렇게 썼다.

긴 여행을 마치고 돌아온 한국은 너무 습하고 무더워서 마치 찜질방 속을 걸어 다니는 것 같다. 밖은 불한증막인데 내 안은 불가마 하나가 이글이글 끓다가 비로소 온순하게 식어버린 느낌이다. 이제 그 빈자리에 새로운 꿈과 계획들이 자라나기를 바란다.

무럭무럭 오렌지며 포도며 올리브를 키워내던, 그리

고 내 머릿결을 회복 불가능한 상태로 만들었던 스페인의 강렬한 햇살이 무척 그립다. 그 햇살 아래 탐스러운 말갈기처럼 빛나던 푸르른 밀밭과 그 위를 유유히 흘러가던 구름의 그림자가 생각난다. 그런 광경을 본 적이 있느냐고, 나는 본 적이 있다고 아이처럼 자랑하고 싶어진다. 그 풍경 옆에서 더위에 얼굴이 벌게지면서도 절뚝이는 걸음을 멈추지 않던 순례자 친구들이 생각난다.

순례길을 걷는다고 한국에서 못 찾던 자아를 찾은 건 아니었다. 장기간 여행을 다녀왔다고 새로운 인생이 시작되는 것도 아니었다. 다만 그리워할 기억들, 그리워할 사람들을 많이 만들 수 있었다. 언젠가 또 다른 좋음을 만날 수 있을 것이라고 믿으며, 추억의 힘으로 앞으로 한걸음 나아가본다.

휴직하면
눈이 아플 때까지
책을 볼 거야

책을 읽습니다

182

어렸을 때부터 가장 꾸준히 좋아해온 활동은 뭔가를 읽는 것이다. 책, 잡지, 신문을 가리지 않고 재미있는 읽을거리를 좋아한다. 소설 속 등장인물의 대사에 반해서 한 글자 한 글자를 노트에 옮겨 적던 때가 있었다. 세상에 좋은 책들이 너무 많아서, 그걸 다 읽기 위해서라도 일찍 죽고 싶지 않다고 생각했다.

회사를 다니면서 그때의 나는 점점 희미해졌다. 숫자와 단문 위주의 이메일, 엑셀, 파워포인트만 보게 되면서 독서 능력이 떨어져갔다. 어느 순간부터는 긴 호흡의 글을 읽는 것, 특히 번역한 책을 읽는 것이 어려웠다. 꼭 읽을 시간이 없어서는 아니었다. 뭔가 묵직한 것을 읽고 소화할 '여력'이 없었다. 마음에 여유가 없으니 한국어로 쓰인 소설이라도 플롯이 강렬하지 않으면 책장이 잘 넘어가지 않았다. 어느새 나는 짧고 가벼운 글만 겨우 읽는 직장인이 되어 있었다.

휴직을 하면 눈이 아플 때까지 책을 보고 싶었다. 책을 보다가 자고, 일어나서 뭐 좀 먹고 다시 책을 보다 자는 생활을 해보고 싶었다. 언젠간 읽으려고 스크랩해놓았던 책들의 목록을 찾았다. 그날그날 마음이 가는 책을 찾아 한 권씩 읽어나가기 시작했다. 도서관에서 원하는 책을 검색해 '813.8 김 63 ㅂ' 같은 청구 기호를 적어놓았다가 서고의 모퉁이를 돌며 한걸음 한걸음 내가 찾는 책에 다가갈 때의 두근거림이 좋았다. 회사 밖에서의 살길을 찾기 위해 전에는 멀리하던 경제경영 도서도 조금씩 읽기 시작했는데, 이 책이 좋아서 저 책을 보고, 저 책을 보니 새로운 분야에 관심이 생기는 배움의 과정도 좋았다. 무엇보다도 비 오고 눈 오는 날에 남들은 출근하는데 나는 출근하지 않고, 좋아하는 카페에서 따뜻한 차를 마시며 좋아하는 책을 야금야금 읽는 재미란!

시간이 많아지니 새로운 기기를 써볼 마음이 생겼다. '그래도 책은 종이책이지!'라는 생각으로 계속 외면하던 전차책을 읽기 시작했다. 영어 공부를 핑계로 아마존 킨들을 샀다. 한국어 책을 읽기 위해 전자책 멤버십 서비스를 이용하기 시작했다. 전자책은 혁명이었다. 책 수십 권을 넣어도 가방이 무겁지 않았다. 여행지에서 책을 읽기도 한층 수월해졌다. 무슨 책을 들고 가야 하지,

하고 고민할 것 없이 가방에 전자책 리더기 하나를 넣고 홀쩍 떠날 수 있게 되었다. 하지만 여전히 장편 소설이나 여러 번 곱씹어볼 책은 무조건 종이책을 선호한다. 전자책으론 주로 비문학이나 정보 전달 글, 호흡이 짧은 글 위주로 읽는다.

휴직 기간 동안 눈이 아플 때까지 책을 읽었는지는 모르겠다. 다만 대학 졸업 이후 다시 찾은 도서관에서, 재미있는 책들을 다 읽기 위해 오래 살아야겠다고 다짐했던 어린 나, 원형의 나를 다시 만났다. 그동안 잊고 지내던 읽기와 쓰기라는 가장 오래된 취미를 만났다. 평일 낮의 달콤함을 누리며 즐겁게, 열심히 읽었다.

책을 많이 읽었다고 고민이 사라지지는 않았다. 인생을 어떻게 살아야 할까? 어떻게 일을 하고, 어떻게 사람들과 관계 맺을 것인가? 무엇보다, 어떻게 나 자신으로 살아갈 것인가?

힘들 때는 도서관에 달려가 책이 가득한 서고를 본다. 내가 겪고 있는 문제에 대해 나보다 먼저 고민하고, 정제된 언어로 생각을 정리해놓은 사람이 분명히 있다.

어떻게 살 것인지에 대한 고민은 계속되겠지만, 힘든 순간이 찾아와도 책을 통해 이들의 지혜를 빌릴 수 있다고 생각하면 안심이 된다.

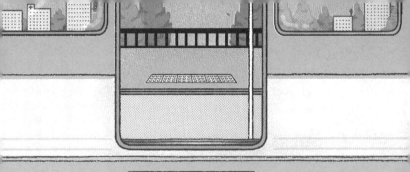

(**4**)

똑
똑
똑

나
는

누
구
입
니
까

일기장을
폈다

원형의 나를 찾아서

휴일을 맞아 예전에 썼던 일기장을 모두 읽었다. 휴직을 하면 해보려고 했던 일이다. 사관이 사초를 살펴듯, 제3자의 눈으로 자료를 분석하듯 초등학교 때 쓴 그림일기부터 몇 달 전에 쓴 것까지 모두 읽었다.

초등학생 때 썼던 일기가 가장 흥미로웠다. 아직 사회화가 덜 진행된 원형의 내 모습들을 보았다. 어릴 때 행동하던 방식, 생각하던 패턴이 그대로 어른이 된 나에게 이어지고 있다는 점에 놀랐다. 공동체 속에서의 모습, 친구 관계에서의 모습, 새로운 과제를 대하는 태도까지도.

제목: 신문

신문을 만들기로 했다. 가족 신문인데 나와 동생이 기자가 된다. 너무 재미있을 것 같다. 내일 해야지. 그리고 침이 마르게 칭찬을 할 정도로 잘 만들어서 사진 밑에 걸어놓아야겠다. 설레서 잠도 못 잘 것 같다.

아주아주 잘 만들어서 계속 보관해야지. 그리고 그 다음에도 만들고.

'침이 마르게 칭찬을 들을 정도로' 잘하고 싶었고, '설레서 잠도 못 잘' 만큼 몰입했고, '아주아주' 잘해서 계속 보관할 수 있는 결과물을 만들고 싶어 했던 아이.

약 15년 뒤 이 아이는 안 되는 일을 되게 하려고 출장지에서 밤새 보고서를 쓰고, 발표를 좀 더 잘해보려고 몇 번이고 스크립트를 고치고, 즐거운 송년회를 위해 대형 주루마블을 그리는 회사원이 된다.

> 제목: 자매
>
> 이상하다. 동생은 밖에 나가지 못해 안달이고, 나는 잠깐이라도 바깥에 있기를 싫어하니 말이다. 오늘도 그랬다. 동생은 옆집 동현이한테 놀러가지 못해 난리인데 나는 밖에는 죽어도 나가고 싶지 않았다. 동생이랑 나는 얼굴과 몸이 아주 닮았다. 그런데 왜 행동은 안 닮았는지 정말 이상하다.

'잠깐이라도 바깥에 있기를 싫어하는', '밖에는 죽어도 나가고 싶지 않은' 집순이 초등학생. 사실 이 일기는 나의 내향성보다는 자기가 하기 싫은 건 죽어도 안 하려는 고집을 보여준다. 이를 걱정한 부모님은 늘 '사람이 하고 싶은 것만 하고 살 수는 없다.'는 가르침을 지속적으로 주셨다.

하지만 결국 15년 뒤 이 아이는 잘 다니던 회사를 휴직하고 만다.

제목: 그림

미술 학원에 왔다. 주제는 물통이었다. 나는 실력을 발휘했다. 그런데 선생님께서는 "잘 봐라. 이 가운데가 끝이 돼야지. 그리고 여기랑 여기가 길이가 다르잖아."라고 말씀하셨다.

최선을 다했는데 데생에는 소질이 없나 보다. 앞으론 꼭 잘해야지. 나는 꾸중을 받을 때에는 나 자신에게 벌을 주기로 했다.

'최선을 다했는데', '앞으론 꼭 잘해야지.'라는 말은 낯설지 않다. 하지만 '꾸중을 들을 때에는 나 자신에게 벌을 주기로' 할 정도로 비판에 민감하고 자신에게 엄격한 아이였는 줄은 몰랐다.

그렇게 최선을 다했어도 항상 힘들었던 것은 마음 한구석에 '못하면 벌주는' 자아 하나를 데리고 살아서였다.

이젠 벌주기도 싫고 벌받기도 싫다.

하기 싫은 것을 다 안 할 순 없지만 하고 싶은 것을 좀 더 하고 싶다.

설레서 잠도 못 자는 일을 다시 찾아보고 싶다.

나는
어떤 사람일까

나의 핵심 가치를 찾아서

'근본적 안식기'를 갖는 사람들이 가장 원하는 것은 자신이 어떤 사람인지, 무엇을 가장 원하는지 깊이 파헤쳐보는 것이다. '나는 어떤 사람인가?'를 노트에 끄적거리는 것으로는 답을 얻기가 어려웠다. 계속 제자리에서 도돌이표 같은 질문만 던지는 느낌이었다. 꼭 지름길로 가야겠다는 생각은 아니었지만, 자아 탐색을 위해 전문가의 도움을 받는 것도 괜찮겠다고 생각했다. 그러던 중 핵심 가치 관련 수업을 알게 되었다.

　　어떤 사람은 자신의 가치와 그걸 이루기 위한 도구를 혼동하기도 한다. (중략) 그러나 돈을 벌거나 부유함을 얻기 위해 뭔가를 시도했는데 그 일이 고단하게 느껴진다면 그것은 핵심 가치가 아니다. 핵심 가치에 충실한 삶을 살기 위해 시간이나 노력이 필요하다면 그것은 진짜 핵심 가치가 아닌 'Should'일 가능성이 높다. 자신의 가치란, 바로 지금부터 적용될 수 있는 것들이어야 하며, 그 가치를 향한 길에 들어서면서부터 자기 자신이 되었다는 안도감과 편안함, 그리고 삶의 의욕을 느껴야 한다.

- 박미라, 《치유하는 글쓰기》

수업과 코칭을 통해 내가 가장 중시하는 핵심 가치들을 어느 정도 정리할 수 있었다.

나의 핵심 가치는 창조성, 독립성, 그리고 몰입이었다. 이것이 나의 핵심 가치구나, 깨닫는 순간 나 역시 '안도감과 편안함, 그리고 삶의 의욕'을 느꼈다. 살면서 생각 없이 찍어 왔던 점들이 이어지는 기분이었다.

창조성

나의 핵심 가치 중 가장 비중이 큰 것은 '창조성'이다. 인생에서 성취감을 느꼈던 경험들, 가장 행복함을 느꼈던 경험들은 뭔가 새로운 것을 만들어내는 것과 밀접히 연관되어 있었다. 나다운 것, 독특하고 새로운 것, 아무도 하지 않은 것, 그러면서도 정말 멋진 것을 내 손으로 직접 만들어보고 싶다는 마음이 어렸을 때부터 있었다.

초등학생 때에는 내가 직접 쓴 동화를 책 형태로 만들어 동생에게 읽어주었다. 그리스 로마 신화에 나오는 새벽의 신 에오스와 태양의 신 아폴론에 대한 내용이었다. 원래 신화의 결말이 마음에 들지 않아서 내가 원하는 결말로 신화를 각색하고 싶었다. 어딘가로 이동 중인 따뜻한 차 안에서, 나는 직접 글을 쓰고 그림을 그린 책을 동생에게 읽어주었다. 운전하는 아빠는 내 이야기를 조용히, 흐뭇하게 듣고 계셨다. 누가 시키지 않았는데 자발적으로 완전히 새로운 것을 만들어 내가 사랑하는 사람들에게 기쁨을 준, 이런 완벽한 상황은 다신 없었다. 이 기억은 내 인생에서 가장 따뜻하고 만족스러운 기억으로 남아 있다.

중학교 때에는 수행 평가로 음악 신문을 만들었다. 나는 파마머리를 한 천재 음악가들의 인생과 그들을 탄생시킨 시대 배경에 큰 흥미를 느꼈다. 아무도 그렇게까지 공들이지 않는 수행 평가였는데, 나 혼자 들떠서 밤새 즐겁게 신문을 만들었다. 기사를 작성하기 위해 정보를 모으고, 그 정보를 잘 다듬어 기사를 썼다. 컴퓨터로는 예쁘게 편집할 자신이 없어 모든 기사들을 다 출력해서 큰 용지에 붙였다. 붙이기 전에 몇 번이고 배열을 달리해보고, 새로 이미지도 추가해보면서 앞으로 이런 종류의 일을 하면 참 재미있겠다고 생각했다.

회사 생활을 하면서 매일 다루는 엑셀이 눈에 안 좋을 뿐만 아니라 정신에도 좋지 않다고 푸념했지만, 나는 사실 엑셀이 좋았다. 탭1, 탭2가 유기적으로 연결되면서 엔터키 한 번에 결론이 나오는 아름다운 세계! 나는 내 엑셀 안에서 모든 판매 트렌드를 분석하고 예측할 수 있는 완벽한 체계를 만들고 싶었다. 물론 내 엑셀 실력이 그런 세계를 구현하기에 많이 모자랐고, 판매는 내 엑셀 파일 하나로 예측할 수 있을 만큼 단순하지 않다는 것을 알게 되었지만.

독립성

나에게 독립성이란 자신의 생각과 신념을 계속해서 밀고 나갈 수 있는 힘, 그래서 타인에게 원치 않게 휘둘리거나 지배받지 않는 것, 혼자서도 당당하게 살 수 있는 능력 등이 혼재되어 있다.

독립성을 존중받기 위해 나는 항상 타인과 나, 집단과 나 사이에 적절한 거리가 필요했다. 학창 시절, 대학 동아리 시절, 회사 생활 등을 돌이켜보면 나는 항상 내가 속한 공동체 속에서 뿌리내리고 싶은 마음을 강하게 가지면서도 동시에 '언제 떠나도 이상하지 않은' 심리적 거리를 유지하려고 했다.

회사를 다니면서 가장 힘들었던 순간들은 이 독립성을 지킬 수 없었던 순간들이다. 부서를 두 번 정도 옮기면서 다양한 분위기의 부서를 겪었는데 군대 문화, 상명하복의 분위기가 강한 곳이 가장 힘들었다. 상사들의 의견에 따라 답은 정해져 있고 나는 대답만 하면 되는 곳. 야근은 당연하고, 갑자기 주말 출근과 해외 출장을 명령받아도 절대 거절할 수 없는 상황이 싫었다. 나는 일을 많이 하는 것을 무조건 싫어하는 사람은 아니다. 그러나 상사의 지시를 기다리며 계속 대기해야 하거나, 약간의 조정도 불가능한 상황들을 비합리적이라고 생각한다. 하지만 대한민국 직장인으로서 누가 독립성을 지키며 일할 수 있을까? 일반적인 회사 환경에서 이것이 어렵다면, 독립성을 지키려면 어떤 일을 해야 하고 어떤 힘을 키워야 하는가? 이것이 직장 생활 내내 가장 큰 화두였다.

몰입

마지막 핵심 가치인 몰입은 나에게 있어 '깊이 뿌리 내리고 싶은 마음'이다. 내가 속한 분야에 대해서는 깊이 뿌리를 내리고 장악해 전문가가 되고 싶다. 내 일이라고 생각한 것에는 집중해서 최선을 다한다. 회사는 돈을 버는 곳일 뿐이니 할 수 있는 70퍼센트만 일하자는 삶의 태도가 영리하다고 생각했지만, 나는 그렇게 에너지를 덜어내며 사는 게 더 어려웠다. 내 사람, 내 일에 대한 애착감도 커서, 크고 작은 이별의 순간에 감정적으로 영향을 많이 받는 편이다. 내가 안전하게 뿌리내릴 수 있는 적합한 장소를 찾을 수 있다면 또는 만들 수 있다면, 이 몰입이라는 가치는 내가 성장할 수 있도록 큰 도움을 줄 것이라 믿는다.

내가 중요하게 생각하는 가치들을 정리해보는 작업은 오랫동안 정리하지 않은 옷방을 치우는 것과 비슷하다. 어수선하게 놓여 있던 옷가지들을 하나씩 개어 각자 이름이 붙은 서랍에 잘 정리해 넣어둔 느낌이다.

앞으로 남은 것은, 어떤 일을 하든지 내가 중시하는 가치들을 살려 좀 더 '나답게' 해보는 것이다. 또 돈을 지불받는 을의 위치에서 위의 가치들을 온전히 지키기 어려울 때 나의 가치를 지키기 위한 맷집과 유연성을 키워야 한다. 그러기 위해 몸과 마음의 건강, 멀리 내다보는 여유, 상황이 뜻대로 되지 않을 때도 유머를 잃지 않는 자세가 필요하다.

냄비를
버리지
마세요

잃어버린 진정성을 찾아서

아주 어릴 때부터 보관해온 편지 상자를 정리하던 중에 뜻밖의 편지를 발견했다. 발신인은 어린 시절 옆집에 살던 아주머니였다. 아주머니는 내가 보낸 편지에 답장을 했는데 내가 전혀 기억하지 못하는 사건에 대한 내용이었다. 편지의 맥락이 기억나지 않아 엄마에게 전화해 물어보니 엄마는 "너 어렸을 때 냄비 사건 기억 안 나니?"라며 편지의 발단에 대해 소상히 알려주셨다.

요약하자면, 이웃집 아주머니가 냄비를 문 앞에 여럿 내버렸고, 당시 초등학교 저학년이었던 나는 멀쩡한 냄비를 버리는 것을 낭비라고 생각했다. 버리는 방식도 무단 투기에 가깝다고 여겨 아주머니에게 편지를 썼다고 한다. 내가 보낸 편지의 내용은 알 수 없지만, 아주머니의 답장으로 짐작해보건대 냄비를 버리면 안 되는 이유를 나열한 것 같다. 아주머니는 이웃집 아이의 뜬금없는 편지에 당황하면서도 너의 생각은 잘 알겠고 앞으로 조심할게, 라며 친절히 편지를 끝맺었다.

이 사건을 떠올리며 나도 참 유별난 아이였구나 하는 생각이 들었다. 남이 냄비를 버리건 말건 왜 편지까지 썼을까? 나는 어렸을 적에 밖에 나가기보다는 안에서 책 읽기를 좋아하는 조용한 아이였고 이웃집 아주머니와 친분도 없었다. 나는 무엇 때문에 '주제넘게' 그런 편지를 쓴 걸까?

이 냄비 사건의 기억을 다시 떠올리게 되면서, 나는 내가 한동안 외면하고 있던 나의 또다른 모습을 알 수 있었다. 정확한 표현은 아닐 수 있지만 나는 이것을 '진정성'이라 이름 붙이고 싶다. 내가 생각하는 '진정성'은 스스로가 믿는 옳음을 추구하는 것. 속으로 생각하는 것을 밖에서도 실현해야 한다고 믿는 것. 이런 사람이 좋은 사람이고 세상은 이렇게 되어야 한다는 이상을 갖고 그걸 추구하는 것이 내가 생각하는 진정성이다.

초등학생 때까지 동화 작가가 되고 싶었던 나는 중학생이 되면서 사회 활동가라는 꿈을 갖게 되었다. 박경리의 《토지》와 조정래의 《태백산맥》 시리즈를 다 읽은 중학생에게 세상은 불의가 득세하고 불평등이 만연한 곳이었다. 혼자 잘 먹고 잘 사는 게 아니라 다 같이 행복하게 살 수 있는 좋은 사회를 만드는 일에 헌신하고 싶었다.

당시 나의 롤모델은, 당시 많은 여자아이들과 마찬가지로, 바람의 딸 한비야였다. 나는 그녀의 오지 여행가로서의 면모보다는 국제 NGO에서 활동하며 절대 빈곤에 처한 사람들을 돕는 모습을 좋아했다. '왜 어떤 곳에서는 음식이 넘쳐나는데 어떤 곳의 사람들은 굶어 죽어야 하는가?'에 가장 큰 부조리를 느껴졌다. 사회 과학을 전공해서 굶어 죽는 사람이 없는 사회를 만들고 싶었다.

니어링 부부의 이야기가 담긴《아름다운 삶, 사랑 그리고 마무리》와《조화로운 삶》을 읽었다. 산업주의 체제에 저항하며 버몬트 숲으로 들어가 자급자족하는 삶을 사는 부부의 모습을 보며 큰 영감을 받았다. 본질이 아닌 것은 다 버리고, 생각하는 바를 단호하게 실천할 수 있는 용기를 배웠다.

헬렌 니어링의 저서《아름다운 삶, 사랑 그리고 마무리》에서 스코트 니어링은 생활의 질을 높이기보다는 삶의 질을 높이고자 했다고 한다. 그는 이렇게 말했다.

"삶에서 정말 중요한 것은 당신이 갖고 있는 소유물이 아니라 당신 자신이 누구인가 하는 것이다. 나는 그 사람이 어떤 사람이냐, 어떤 행위를 하느냐가 인생의 본질을 이루는 요소라고 생각한다. 단지 생활하고 소유하는 것은 장애물이 될 수도 있고 짐일 수도 있다. 우리가 가지고 있는 것이 아니라 그것으로 우리가 어떤 일을 하느냐가 인생의 진정한 가치를 결정짓는다."

니어링 부부의 삶에서 영향을 받아 채식을 결심했다. 공장식 사육의 잔인함과 사람이 먹을 곡물을 소와 돼지가 먹음으로써 생기는 문제점들을 알고 나니 고기를 먹을 수가 없었다. 완전히 비건으로 살진 못하더라도 적어도 소, 돼지, 닭은 먹지 말자고 결심했다. 채식을 시작하며 환경 문제에 관심이 생겨 대학 내 환경 동아리에 들어갔다. 제3세계 어린이를 돕는 모금 활동을 했고, 주말에는 공부방에서 장애 아동들을 가르쳤다.

왜 나는 이런 나를 잊고 있었을까?

진정성을 '생각하는 대로 살기'로 정의한다면, 나는 그것이 좀 답답하고, 진지하고, 재미없어 보였다. 한마디로 촌스러웠다. 게다가 진정성을 갖는 것과 현실적인 성공은 별개의 문제였다. 봉사 활동을 하면서 접한 소규모 NGO들은 정말 좋은 비전을 갖고 있었지만 좁은 사무실을 여러 회사와 나누어 쓰고 있었고 활동가들의 월급은 매우 적었다. 나는 돈을 많이 벌고 싶었다. 예쁜 옷을 많이 사고 싶었고 베란다 있는 집에서 살고 싶었다. 안정성과 소속감도 나에게 중요한 가치라는 것을 알았다. 그래서 취업 준비를 시작했고, 직무보다 급여와 복지를 고려해 회사를 선택했다.

나에게 무척 중요한 요소였지만 최근 몇 년간 나에게 결여되었던 것이 바로 이 '진정성'이었다. 생각하는 대로 살려고 애쓰는 것. 마음에서 우러난 일을 마음을 다해서 하는 것. 내가 하는 일이 세상에 보탬이 된다는 믿음. 내가 하는 일의 비전과 나의 비전이 일치한다는 생각. 직장인이 되고 나서 나는 점점 진정성을 잃어갔다. 매출과 손익에 대한 압박, 무의미한 야근, 열심히 하는 사람보다 말 많은 사람이 평가를 더 잘 받는 구조 속에서, '진정성 있는 직장인'이라는 말은 마치 '둥근 네모'만큼이나 비현실적으로 들렸다. 진정성 따위는 내려놓고 본연의 나와 회사에서의 나를 분리하려 애썼다.

> '그저 시키는 것을 원하는 대로 해주고 일찍 집에 가자. 열심히 할 필요 없어. 열심히 하는 티만 내면 돼. 남들도 그러니까. 열심히 한다고 돈 더 주는 거 아니니까.'

나는 겉으론 점점 노련해졌지만 속으로는 하루하루 답답함이 쌓여갔다. 답답한 줄도 모르고 살다 그것이 못 견딜 무게가 되자 나는 휴직을 신청했다. 아마 불안해 죽을 것 같으면서도 기어이 휴직을 신청한 것은 그나마 남아 있던 나의 진정성 때문이었을 것이다.

휴직을 하고 나서 만난 회사 밖 사람들 중에는 자기 직업에 대해 소명 의식을 가지고 진정성 있게 사는 사람들이 많았다. 그들은 자기 직업을 사랑했고 깊이 몰두해 일했고 다른 사람들에게 자신이 파는 물건과 서비스를 당당하게 소개했다. 밤을 새워 일해도 두 눈이 반짝였다. 진정성을 가지고 살기 위해 반드시 은둔자나 사회 활동가가 되어야 할 필요는 없었다.

어떻게 진정성 있게 살 것인가? 진정성 있는 회사원은 어떤 사람인가?

지원 업무를 한다면 내가 지원하는 사람들이 행복해질 수 있도록 돕고 싶다. 상품 마케팅을 한다면 세상에 도움이 되는 상품을 팔고 싶다. 서비스를 기획한다면 내 가족에게도 기꺼이 권할 만한 서비스를 만들고 싶다. 내게 주어진 상품과 서비스가 별로라면 그걸 세상에 도움이 되도록 바꾸고 싶다. 내가 파는 상품과 서비스가 많이 팔릴수록 세상이 편리해지고 사람들이 행복해지면 좋겠다. 왜냐하면 나는 귀하고, 나의 시간은 귀하고, 나의 노동도 귀하기 때문이다.

나의 '진정성'을 추구하는 성향은 나의 비전과 일치하는 일을 하게 되었을 때 엄청난 시너지 효과가 발휘될 것이다. 다만 지나치게 진지한 태도로 임하다가 유머를 잃을 가능성도 있으니 늘 유연하고 열린 사고를 갖기 위해 노력해야 한다. 실제로 자신을 '원리주의자'로 여기며 평생 진정성 있게 살았던 스코트 니어링은 '재미'라는 말을 싫어하는 진지한 사람이었다고 한다.

> 언젠가 내 책을 쓰는 일을 하면서 "다른 사람이 좋아하든 싫어하든 나는 이 일이 아주 재미있네요." 했더니 스코트는 부드러운 말투로 이렇게 말했다. "그 일을 재미삼아 한다니 찬성할 수 없구려. 인생을 재미로 사는 것은 아니잖소. 좀 더 진지하게 일을 했으면 하오."
> 그것은 도대체 진지함과는 무관한 단순한 요리책이었다.
>
> - 헬렌 니어링, 《아름다운 삶, 사랑 그리고 마무리》

가능하다면 나는 진정성과 유머를 둘 다 가진 사람이 되고 싶다.

불안하지
않다는
거짓말

나 자신에게 진실했으니까

불안하지 않다는 것은 거짓말이다. 잘 다니던 회사를 뛰쳐나와, 이것저것 '돈 안 되는' 것들을 해본답시고, 멀쩡한 경력을 내 손으로 꼰 건 아닐까하는 생각에 가끔 새벽까지 잠을 이루지 못한다.

장기 무급 휴직이라는 '대개 가지 않는 길'을 택한 대가는 무엇일까? 누구나 쉼 없이 일하는 한국에서 나는 어쩌자고 이런 경력 공백기를 만들었나.

돌아가서 과장 진급은 할 수 있을까? 이러다 '저성과자'로 낙인찍혀 회사에 경영 위기가 오면 권고사직 리스트에 오르는 건 아닐까?

남들은 도망이라고 볼 수도 있겠지만 나에게는 모험이었다. 가던 길을 쭉 가는 것이 쉽고 편했을 것이다. 그게 무의미하게 이어지는 야근이든, 이해할 수 없는 업무 방향이든, 몸에 덕지덕지 붙어가는 권태든. 그 관성을 떨쳐내고 나에게 새로운 시간을 주기 위해, 얼마나 많은 심호흡과 용기가 필요했는지.

후회하지 않으려고 한다. 수십 번 휴직의 대차대조표를 고쳐 써봤던 작년의 나에게 미안해서 그렇게는 못하겠다. 충분히 고민해서 선택한 일이다. 그러니 후회하지 말자. 휴직 기간 동안 뭘 더 했어야 했다거나 뭘 하지 말았어야 했다고 나를 책망하지도 말자.

나는 처음으로 이성과 계산이 아니라 내 몸의 목소리, 깊은 무의식의 목소리를 듣고 휴직이라는 모험을 감행했다. 내 몸은 나에게 이 길이 네가 살길이라고, 이 길로 가도 괜찮다고 말했다. 처음으로 머리가 아니라 몸의 말을 따라본 내가 마주친 현실 앞에 '쫄보'가 되더라도, 이걸 통해 내 직감과 본능에 귀기울이는 귀한 경험을 해보았으니 그걸로 괜찮다.

여성학자 현경은 자기답게 살고 싶어하는 사람들에게 세 가지를 묻는다고 한다. 첫째, 나는 자신에게 진실한가. 둘째, 나는 그것을 표현하는가. 셋째, 표현했기 때문에 책임지는 자세가 돼 있는가.

이 세 가지 질문 앞에서 나는 떳떳하다.

나는 나 자신에게 진실했고, 그것을 표현했고, 그렇기에 책임을 진다.

나는 나의 삶을 산다.

인생의
직선 코스와
횡선 코스

고모와의 카톡

휴직 기간이 끝나가자 매일 마음에서 달그락달그락 소리가 났다. 1년이나 쉬었던 나의 선택은 옳았던 건지, 쉬면서 다른 걸 더 했어야 했는지, 뭘 더 이뤘어야 했는데 그러지 못한 건 아닌지 등 여러 생각으로 마음이 어지러웠다.

고민의 순간마다 다정하지만 똑 부러진 답변을 내려주는 고모에게 이 불안함을 털어놓았다. 그리고 그날 밤, '소중한 나의 조카에게'로 시작하는 아주 긴 답장을 받았다.

한 가지 직업으로 평생 한길을 가는 것이 좋을까?
아니면 다양한 일을 해보며 경험을 쌓는 게 좋을까?

한 가지 길만 선택해서 산다면 누구보다 그 일에서 전문성을 쌓게 되고 인정받아 성공하기 쉬운 모범적인 삶이 될 거야. 다만 그 일을 제외한 경험이 부족해 삶을 폭넓게 살지 못한 아쉬움은 당연히 남겠지.

만약 직장도 바꾸어보고 이것저것 새로운 일에 도전해본다면 새로운 일터나 다양한 장소에 적응하기 위한 마음고생이 큰 재산이 될 터이고 이 경험은 자신의 삶에 소중한 자양분이 되겠지. 물론 아쉬운 점도 있을 거야. 다양한 경험을 하는 동안 한 직장을 지킨 옛 동료들은 회사에서 인정받고 안정된 삶을 누리고 있을 테니까. 그때의 고민과 흔들림 또한 스스로 감당해낼 몫이야.

산을 오를 때 직선 코스를 택하면 누구보다 먼저 정상을 밟는 희열을 느끼게 된단다. 횡선 코스를 택하면 능선과 계곡을 따라 천천히 오르면서 다양하고 깊게 산의 느낌을 알게 되겠지. 하지만 어떤 길이 옳다고 말할 수는 없단다. 누구나 자신만의 인생 코스를 선택하고 걸어가야 하니까.

다만 자신이 선택한 길을 돌아보며 너무 후회하지 말 것! 후회는 너의 소중한 시간과 선택으로 고민했던 순간들을 무의미하게 하니까. 충분히 고민해서 선택한 자신의 길을 가고 또 아쉬운 선택을 했을 때도 빨리 마음을 바꾸어 먹는다면 인생을 낭비하지 않고 충실히 살아갈 수 있단다.

두려움은 저 하늘의 수많은 별들에게 하나씩 던져버리고 용기를 내어 자신의 길을 걸어가보렴. '용기'는 네가 가진 소중한 무형의 재산이야.

고모의 카톡은 늘 그랬듯이 사랑하는 조카야, 행복은 스스로 만들어 가는 거야, 라는 말로 끝났다. 언제나 해주는 말이었지만 이날만큼은 더 특별하게 느껴졌다.

고모의 인생은 직선 코스가 아니었다. 때론 자의로 때론 타의로 고모는 여러 번 직업을 바꿨다. 굴곡 있는 횡선 코스를 삐뚤빼뚤 걸으면서도 고모는 길에 자란 풀 한 포기에도 감탄하는 낭만을 잃지 않았다. 그런 고모가 늦은 밤 퇴근해 몇 번이고 문장을 고치며 남겨준 장문의 메시지. 그 메시지 덕에 나는 다시 횡선 코스를 즐겁게 걸어가볼 용기를 낸다.

새해를 맞아
나는
포기합니다

하지 않기로 결정한 것들

습관적으로 신년 계획을 세우다가 멈췄다. 작년에 세운 계획과 하나도 다르지 않았기 때문이다. 쓰지 않으면 이월되는 잔액처럼, 매년 이 계획들은 지켜지지 않은 채 고스란히 내년으로 넘어가곤 했다.

몇 년을 리스트에서 묵혀놓고 있었단 것은 지키지 않아도 사는 데 지장이 없다는 뜻이다. 괜히 마음속에 무거운 짐처럼 갖고 있느니, 나는 이것들을 목록에서 지우겠다. 난생 처음으로 '하지 않을 일'을 적은 목록, '나는 포기합니다' 목록을 만들었다.

나는 이제 다이어트를 포기한다

나는 마른 편이지만 몸의 다른 부위에 비해 상대적으로 하체가 굵은 편이다. 스키니진을 입으면 모두 내 허벅지만 보는 것 같아서 주로 하체를 잘 가려주는 길이의 치마만 입곤 했다. 휴직하면 시간이 많으니 공들여 몸을 만들려고 했는데 결과적으로 그러지 못했다. 산티아고 순례길에서 800킬로미터를 걸었는데도 허벅지는 그대로였다. 명상 수행을 가서 2주간 저녁을 굶자 바지가 헐렁해졌지만, 집에 돌아와 저녁을 먹으니 사이즈가 그대로 돌아왔다. 올해 요가와 수영을 병행하며 살면서 가장 운동을 열심히 했는데도 내 몸은 그대로다. 그냥 이게 내 체형인 것이다.

수영을 다니면서 매일 사람들의 벌거벗은 몸을 본다. 다들 TV에 나오는 연예인 몸매와는 거리가 멀다. 그렇다. 그런 몸은 존재하기 힘든 거였다. 탈의실에서 아주머니, 할머니들은 날이 추우니 많이 먹는다고, 배가 계속 나온다고 푸념하곤 했다. 하지만 그들의 몸엔 열심히 살아온 역사가 새겨져 있다. 일하고 애 낳고 살림하고 한 가정을 일구며 한 평생 열심히 살아온 사랑스러운 몸들이다.

우리의 몸은 모두 사랑스럽다. 하나도 부족한 게 없다. 나는 이제 있는 그대로의 내 몸을 사랑하려고 한다. 그래서 나는 올해부터 다이어트를 포기한다. 대신 건강하게 먹고, 충분히 자고, 건강한 피부와 머릿결을 가진 사람이 되겠다.

이것은 진작에 포기했어야 하는 항목이다. '모두에게 사랑받고 싶다는 욕심'을 종이에 적어 산티아고 순례길의 철의 십자가에 내려놓고 왔음에도 이것을 포기하기는 쉽지 않았다.

그동안 나는 잘한단 소리를 듣고 싶어 애쓰는 어린아이처럼 살아왔다. '보세요, 내가 이렇게 열심히 했어요.' 나는 늘 이렇게 말할 준비가 되어 있었다. 하지만 어른의 세상은 내 선한 의도와 노력에 감탄하며 오구오구하고 쓰다듬어 주는 곳이 아니었다.

이제는 더 이상 순수한 아이처럼 모두의 애정과 인정을 바라지 않는다. 내가 최선을 다하기만 하면 알아주겠지, 하고 기다리고 싶지 않다. 이제는 어른으로서, 성숙한 개인으로서 내가 원하는 것을 추구하고 싶다. 그러기 위해 내가 원하는 것을 표현하는 용기가 필요하다. 때론 내가 원하는 것을 얻기 위해서 어떤 전략이 가장 효과적일지를 고민하는 영리함도 필요하다. 지금 이 목록처럼, 다들 하는 일이지만 나는 하지 않겠다고 포기할 수 있는 단호함은 물론이다.

한 사람에게도 안 좋은 말을 듣고 싶지 않아 아무것도 안 했던 때가 있었다. 싫은 소리 듣는 것이 싫었다. 하지만 이제 무슨 소리를 듣더라도 내가 가고 싶은 길을 가는 사람이 되고 싶다. 그 무엇보다 나다운 사람이 되려고 한다.

충분한 휴식을 위해 일상의 자잘한 할 일들을 포기한다

충분한 휴식의 중요성을 깨달은 한 해였다. 쉬지 않고 달리면 언젠가 몰아서 쉬게 된다는 것. 그리고 아무것도 하지 않는 쉬는 시간이 건강과 창조성의 원천이라는 것을 휴직을 통해 배웠다. 앞으로도 잊지 말아야 할 소중한 깨달음이다. 이젠 뭔가를 더 하기 위해 휴식을 희생하지 않을 것이다.

복직을 하더라도 퇴근 후에 뭔가를 해야 한다는 욕심을 버리고 하루 일곱 시간의 수면 시간은 반드시 확보하고 싶다. 일이 바빠 수면 시간을 지키기 어려울 때는 주말에 좀 더 휴식 시간을 가질 것이다. 늘 새해가 되면 열심히 살자고만 다짐했지 '충분한 휴식 시간의 확보'를 목표로 삼은 건 올해가 처음이다. 방향을 틀었으니 결과도 다르기를 바란다.

책《불안과 경쟁 없는 이곳에서》는 잡초를 뽑거나 인공 비료도 주지 않으며 식물을 키우는 자연농들의 삶을 다루고 있다. '뺄셈의 농법'을 실천하는 자연농들은 "이걸 하지 말면 어떨까, 저걸 그만두면 어떨까?"를 묻는 이 방식을 삶에도 적용했다. 그 뒤로 인생이 더 자유롭고 편안해졌다고 했다. 내년에는 뭘 더 해볼까가 아니라 뭘 안 해볼까를 생각하는 자세로 살아보고 싶다.

죽음을
준비하는
삶의 자세

뭣이 중헌디

멀쩡한 직장, 따박따박 나오는 월급을 박찰 수 있게 등 떠밀어준 것은 휴직의 득과 실에 대한 엄정한 시뮬레이션이 아니라 바로 죽음에 대한 생각이었다.

죽음을 생각하니 중요한 것과 중요하지 않은 것을 가릴 수 있었다. 돈과 경력과 평판은 죽음 앞에서 그다지 중요하지 않다. 실패하더라도 하고 싶었던 일을 해보는 것, 인생을 풍요롭게 해주는 다양한 경험을 하는 것, 사랑하는 사람들과 소중한 시간을 보내는 것이 더 중요하다.

우리는 마치 영원히 죽지 않을 것처럼 살아간다. 시간이 얼마든지 있다고 생각하기에 불필요하고 비본질적인 것들을 잔뜩 껴안고 끙끙댄다. 하지만 이 삶에 끝이 있다는 자각을 하는 순간, 삶에서 가장 중요한 것들이 보인다. 스티브 잡스의 말처럼 죽음은 삶이 만든 최고의 발명품 인지도 모른다.

나는 삶을 더 잘 살아가기 위해 늘 죽음을 생각하는 삶의 자세를 갖고 싶었다. 늘 죽음을 거울처럼 곁에 두고 그 거울에 비추어 현재를 살아가고 싶었다. 《모리와 함께한 화요일》에 나오는 작은 새의 비유처럼.

"죽을 준비는 어떻게 하나요?"

"불교도들이 하는 것처럼 하게. 매일 어깨 위에 작은 새를 올려놓는 거야. 그리곤 새에게 '오늘이 그날인가? 나는 준비가 되었나? 나는 해야 할 일들을 다 제대로 하고 있나? 내가 원하는 그런 사람으로 살고 있나?'라고 묻지."

그는 새가 얹혀져 있기라도 한 듯 어깨 쪽으로 고개를 돌렸다.

"오늘이 내가 죽을 그날인가?"

- 미치 앨봄,《모리와 함께한 화요일》

자신의 죽음을 생각해볼 수 있는 좋은 방법 중 하나는 죽음 명상이다. 죽음 명상에는 다양한 종류가 있다. 부처님 시대 인도에서는 실제 사체의 부패를 지켜보며 육체의 무상함에 대해 자각하는 명상을 했다. 템플스테이에서도 죽음 명상을 할 수 있는데, 실제로 관에 들어가 자신의 장례식을 체험하는 방식으로 진행하는 곳도 있다고 한다.

내가 했던 죽음 명상은 약 30분간 눈을 감고 명상 지도자의 안내에 따라 자신의 죽음을 시뮬레이션하듯이 눈앞에 그려보는 방식이었다. 어디서 죽는지, 누구와 함께 있는지, 무엇을 느끼는지에 대해 마치 실제 본인이 겪고 있는 것처럼 자세하게 상상하는 것이다. 나중에 다른 사람들의 얘기를 들어보니 사람마다 자신이 설정하는 죽음의 장소와 이미지가 전부 달랐다. 누군가는 집에서 혼자 죽음을 맞기도 했고, 숲속에서 죽는 모습을 상상하는 사람도 있었다. 나는 예순 살이 넘은 나이의 내가 병상에서 죽음을 맞는 모습을 그려보았다.

나는 병실에 누워 있다. 나는 병을 오래 앓았고 지쳤다. 내가 있는 병실은 조금 낡았고 병원 냄새가 난다. 호스피스 센터인지 병원인지는 알 수 없지만 살짝 열린 창문 너머로 나무가 보인다. 그 나무가 너무나 푸르러서 꼭 모든 살아 있는 것의 상징처럼 느껴진다. 나는 저 푸르른 삶을 두고 떠나야 한다.

내 주변엔 사랑하는 남편과 동생과 딸이 있다. 그들

은 나를 붙잡고 수고했다고, 이제 아프지 말고 편하게 쉬라고 말하며 소리 내어 운다. 내 의식은 점점 흐릿해져 간다. 그들이 우는 것을 보니 나도 눈물이 흐른다. 사랑하는 사람들을 남기고 떠나는 것이 슬프고 아프다. 어떻게든 좀 더 같이 있을 수 있다면, 하는 생에 대한 갈망을 내려놓기 어렵다. 그러다가도 지긋지긋한 육체의 고통에서 벗어나 아프지 않은 곳으로 가고 싶다는 마음도 든다.

인생을 되돌아본다. 내가 만났던 사람들, 내가 겪었던 희로애락의 순간들이 영화처럼 지나간다. 현실의 내 모습부터 아직 살아보지 않은 중년의 내 인생까지도. 가장 후회되는 것은 더 표현하지 못했던 것이다. 좋아하는 사람에게 좋아한다고 실컷 말해야 했다. 좋은 사람들과 좋은 순간들을 많이 만들어야 했다. 인생에서 경험할 수 있는 모든 좋은 것들에 적극적으로 다가가 말을 걸어야 했다. 밉고 싫은 것이 있으면 그냥 혼자 꽁하니 있지 말고 얘기를 해야 했다. 갈등이 두려워 고개 돌린 순간, 나는 영리하게 굴었다고 생각했다. 그러나 실은 내 소중한 인생을 낭비한 것이었다. 왜 그렇게 쭈뼛댔을까. 무엇이 두려워서.

눈앞이 점점 보이지 않는다. 사람들의 목소리가 점점 희미해진다. 모든 익숙한 것들과 사랑하는 사람들을 두고 낯선 곳으로 떠나야 한다. 이 길을 나 혼자만 가야 한다는 것이 너무나 외롭고 무섭다. 하지만 동시에 끝나지 않을 것 같던 고통에서 벗어날 수 있어서 다행이라는 생각이 든다.

나는 환한 빛 속으로 들어간다. 곧 편안해진다.

죽음을 머리로 생각할 때는 그냥 막연히 고통스럽겠지, 후회되겠지 하고 생각할 뿐이었다. 명상을 통해 죽음을 앞두고 일어나는 다양한 감정의 결을 좀 더 섬세하게 볼 수 있었다. 고통과 평화, 고독감과 홀가분함, 살고 싶은 마음과 죽고 싶은 마음이 교차했다. 여러 모순된 감정들이 오가는 가운데 계속해서 떠올랐던 건 이생에서 인연을 맺었던 사람들의 모습이다. 좀 더 사랑하고 좀 더 도전하고 무엇보다 다시 돌아오지 않는 시간을 소중히 해야겠다. 그날 명상 센터를 나선 뒤에도 죽음 명상에서 보았던 병원 창문 밖 나무의 푸르름이 계속 떠올랐다.

죽음 명상 외에도 죽음을 준비하고, 또 죽음에 비추어 현재의 삶을 점검해볼 수 있는 방법은 많다. 유언장 쓰기, 나의 묘비명 짓기 등등이다. 한 지인은 몇 년 전에 유언장을 써놓았는데 2년마다 마치 전세 계약을 갱신하듯 내용을 다시 수정했다. 2년 전의 유언장을 보면 당시 자신이 어떤 생각을 하고 무엇을 중시하며 살았는지가 보이는데, 시간이 흐른 후에 다시 열어보면 전에 쓴 내용이 너무나 유치해서 일부 수정 정도가 아니라 전부 다시 고쳐 쓰게 된다고 한다.

주기적으로 불필요한 물건과 인맥을 정리하는 것도 죽음을 준비하는 좋은 방법이다. 죽음을 앞둔 사람의 '신변 정리'와 '미니멀 라이프'는 서로 연결되는 지점이 있다. 2011년 동일본 대지진을 경험한 일본인들은 언제

닥쳐올지 모르는 죽음 앞에서 소유는 큰 의미가 없음을 깨달았고, 이것이 최소한의 것만 소유하는 미니멀리즘 열풍으로 이어졌다.

　나는 죽음을 떠올릴 수 있는 일상의 작은 의식을 만들었다. 요가를 마치고 마지막 사바사나 시간마다 나는 죽었다고 생각한다. 걱정이나 딴생각이 들더라도 '나는 죽었다.', '나는 떠난다.'라고 생각하면서 모든 것을 손에서 내려놓는 상상을 한다. 오직 내 몸뚱이 하나만 덩그러니, 관 크기쯤 되는 요가 매트 위에 누워 있다고 생각하면서 그 시간만큼은 모든 긴장과 집착을 버린다.

　죽음은 말한다. 세월은 무상하게 흘러가니 시간을 소중히 여겨라. 가장 중요한 것을 해라. 중요하지 않은 것은 버려라. 마음에서 우러난 선택을 해라. 어차피 죽을 때 가지고 갈 수 있는 건 없으니 두려워하지 마라. 사랑하는 사람을 맘껏 사랑하고 그렇지 않은 사람은 그들이 뭐라 하든 신경 쓰지 말아라. 다만 연민을 가져라.

　매일매일 내가 죽는다는 사실을 기억하고 싶다. 죽

음이 말해주는 것들을 잊지 않고 잘 기억하면서 오늘을 가장 빛나게 살고 싶다.

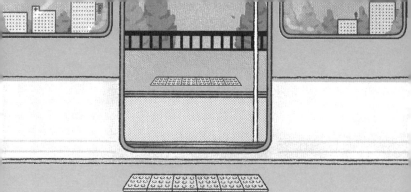

(5)

다시 돌아왔습니다

다시
같은 곳
같은 자리일지라도

복직을 앞둔 마음

회사에 복직하겠다고 연락을 했다. 가능하면 부서를 변경하여 새로운 업무를 하고 싶다고 요청했고, 요청이 받아들여져 새로운 부서에서 근무하게 되었다.

휴직 기간 중 이직이나 진학에 성공하여 바로 퇴사하는 사람도 적지 않다. 하지만 나의 경우 애초에 복직을 염두에 둔 휴직이었다. 그냥 놀겠다고 말하는 것 같아 부끄러워 핑계를 댔지만, 실은 생계에 상관없이 나 자신에게 집중할 수 있는 시간을 갖고 싶었던 것이다. 경제적 손실과 복직 후의 불이익을 감수하고서라도 당시의 나에겐 그게 절실했다.

쉬면서 많은 사람을 만났다. 새로운 자극을 받았다. 많은 생각을 했다. 그 생각들을 물질화, 현실화하기에는 1년도 한참 부족한 시간이었다. 쉬면서 했던 점 같은 경험들이 멋진 선으로 이어질 것인지는 복직 이후의 삶 속에서 알 수 있을 것 같다. 스티브 잡스의 말처럼, 점들은 나중에 회고하면서 연결할 수 있을 뿐이니까.

만화가이자 에세이스트인 '루나파크' 홍인혜의 강연에 참석한 적이 있었다. 잘 다니던 광고 회사를 그만두고 영국으로 떠나 8개월간 체류했던 그는 같은 회사에 재입사를 했다. 나는 강연이 끝난 후 질문 시간에 손을 들었다.

"공백기를 겪고 같은 회사에 다시 들어가서 일하게 되면 어떤 기분인가요? 일을 새로운 관점에서 보게 된다던가 하는 변화가 있었나요?"

그는 말했다. 솔직히 일은 큰 변화가 없다. 돌아가자마자 바로 전과 비슷한 상태로 돌아간다. 다만 영국에서 이방인으로서 겪었던 경험들을 통해 전에는 회사를 아주 큰 것으로 생각했다면 이제는 언제든 그만둘 수 있는 곳으로 보게 되었다고 했다. 전에 집착했던 문제들을 이제는 별것 아니게 받아들이는 게 변화라면 변화라고 했다. 내가 다시 회사로 돌아가면 지금 했던 경험들을 다 잊고 예전의 상태로 돌아갈 것 같아 걱정된다고 했더니 그는 그 마음을 다 안다는 얼굴로 웃었다. 사실 90퍼센트는 잊어버린다고 했다. 하지만 나는 그 10퍼센트의 변화가 값지다는 것을 안다.

복직을 앞둔 마음이 어떻냐고 친구가 묻자, 나는 몇 개월치 월요병을 몰아서 겪는 기분이라고 답했다. 다시 여섯 시에 일어나 출근하고 사람들과 복작복작거리는 생활에 적응하려면 한동안 힘들 것 같다. 하지만 누군가에게 머리채 잡혀 끌려 가는 게 아니라 내가 원해서 돌아가는 것이다. 휴직도 복직도 오롯이 내가 선택했다.

휴직을 고민하다 마침내 회사에 휴직원을 제출하고, 또다시 복직원을 내기까지의 1년여의 시간 동안, 내가 내 인생을 선택할 수 있다는 감각을 배울 수 있었다.

내가 수동적인 존재가 아니라 능동적으로 상황을 바꿀 수 있다는 감각은 인생의 소중한 자산이 될 거라고 믿는다.

월요병 없이 보냈던 날들이 많이 그리울 것이다.

이번엔 더 나은 월요일들을 만들어보고 싶다.

절대로
올 것 같지 않았던
그날이 왔다

복직일

복직 전날, 왠지 잠을 설칠 것 같은 느낌이 들었다. 일부러 하루 종일 웃으며 책들을 사러 이리저리 돌아다니며 몸을 한껏 피곤하게 만들었다. 그러고서도 밤에 잠이 오지 않아 냉장고에서 맥주를 꺼내 마시고서야 겨우 잠들었다.

아침에 평소보다 일찍 일어나 씻고 옷을 입고, 필요한 서류들을 잘 챙겨 집을 나섰다. 겨울의 새벽 거리는 아직 깜깜했고 인적이 드물었다. 앞으로 이 시간에 집에서 나와야 한다는 사실에 한숨이 나오면서도 차가운 공기가 싫지만은 않았다.

오랜만에 온 회사는 낯설었다. 와 진짜 크다, 하며 남의 회사 보듯이 중얼거렸다. 인사팀에 들려 복직원을 받고 내가 일했던 층으로 향했다. 나도 모르게 등과 어깨에 힘이 바싹 들어가 있는 걸 발견하고 긴장을 풀기 위해 심호흡을 했다. 사무실에 들어서 처음 마주친 후배가 마치 있어서는 안 될 사람을 본 것처럼 돌고래 소리를 내며 반가워해주었다. 선배들도 "아니, 더 좋은 데 가지 왜 왔어!" 하면서 웰컴 허그를 해주었다. 부장님들도

"다시 오겠다더니 진짜 왔네." 하면서도 잘 왔다고 해주었다.

아무도 그렇게 말하진 않았지만, 누군가는 휴직하고 다시 올 거면 뭐하러 나갔냐고 생각할 수도 있다. 나를 예시로 나가봤자 별것 없다고 말할 수도 있다. 그들은 그렇게 생각할 수 있다. 그들은 나에 대한 얘기를 하는 것이 아니라 그들 자신에 대한 얘기를 하는 것이다. 그들은 그들의 인생을 살고, 나는 내 인생에 집중하면 된다.

집에 돌아오면서 케이크를 샀다. 큰맘 먹고 작은 사이즈의 케이크 중에 가장 비싼 것으로 샀다. 가족들과 초 몇 개를 꽂아놓고 복직 축하 케이크를 잘랐다. 케이크의 초를 불면서 알았다. 오늘 나에게 위로가 필요했다는 걸.

당분간은 매일 출근하는 회사원의 리듬에 익숙해지는 것에만 집중하려고 한다. 빨리 적응해서 업무를 따라잡아야 한다는 생각에 무리하지 않으려고 한다. 의욕만 앞서면 쉽게 엎어진다. 잘하지 않아도 된다. 많은 것을 할 필요도 없다.

힘을 빼는 것이 이번 달 나의 가장 큰 과제이다.

이상과
현실의
차이

복직 D+1

어제의 드높은 의욕은 정확히 반으로 줄어들었다. 회의를 두 번 다녀오고 나니 무섭도록 빨리 적응이 되었다. 다음 주쯤에는 내가 언제 휴직을 했나 싶을 것 같다. 이렇게 매일매일 의욕의 반감기를 거쳐 의욕이 0에 가깝게 수렴하는 걸까?

회의 석상에서 본 사람들의 얼굴이 낯설게 느껴졌다. 나도 작년에는 저런 얼굴을 하고 있었을까. 나도 곧 저런 얼굴이 될까. 복직을 결심한 이후 가장 큰 궁금증은 '나는 변했지만 조직은 변하지 않았는데, 돌아가서 내 삶이 달라질 수 있을까?'였다. 그 물음이 현실적으로 크게 다가온 날이었다.

쉬는 동안 자기 분석을 충분히 했다지만, 회사에서 내게 요구하는 포지션이 변하지 않는다면 무슨 의미가 있을까?

내가 충전한 생명력은 조직 내에선 쉽게 생채기가 나는 연약함이 되고, 높아진 의욕은 남에게 빨대 꽂힐 자리만을 만들어주는 건 아닐까?

쉬는 동안 실현하지도 못할 이상만 드높아진 것은 아

닐까?

이런 생각에 잠시 우울해졌다.

당분간은 섣부른 판단을 유보하려고 한다. 이상과 현실의 낙차를 인정하고, 상황을 차분히 지켜봐야겠다. 나는 성능 좋은 엔진을 달고 돌아왔지만 지금 당장은 나라는 본체의 성능과 주변 환경이 이 엔진을 100퍼센트 가동하기엔 부족할 수 있다. 그렇다고 좋은 엔진이 의미가 없어지는 것은 아니다. 조금씩 본체를 업그레이드시키고, 주변 환경을 나에 맞게 재구성해나가면 된다.

같은 곳 같은 자리에서 혹여 같은 문제를 맞닥뜨린다 해도, 기껏해야 이미 겪어본 고통이다. 전보다 유연하게 대처할 수 있을 것이다.

문제가 있으면 혼자 끙끙대지 말고 적극적으로 도움을 요청하면 된다. 듣지 않으면 그동안 늘린 뱃심으로 고래고래 소리라도 지르면 될 일이다.

내가 그날그날 할 수 있는 만큼만 하자.

돌아오니
보이는 것들

복직 후 일주일의 단상

복직 후 처음으로 주 5일 근무를 마쳤다. 적당한 시간에 퇴근을 하는데도 늘 피곤해서 집에 오자마자 아무 것도 하지 못하고 잠이 들었다. 다시 출근하는 삶에 적응하는 데에는 좀 더 시간이 필요할 것 같다. 매일 여섯 시에 일어나는 것, 왕복 두 시간의 출퇴근, 최소 아홉 시간은 회사일을 해야 한다는 고용 계약이 아직 낯설게 느껴진다. 휴직을 하고 누렸던 평일의 자유가 얼마나 달콤한 것이었는지 생각한다. 휴직을 하고서도 뭔가를 해야 한다는 강박을 내려놓지 못하던 나에게 친구들은 그냥 회사에 가지 않는 것 자체로 좋은 거라고 혀를 끌끌 차곤 했는데 지금 내 마음이 꼭 그렇다.

부서를 옮기긴 했지만 옮긴 부서가 바로 옆 부서인 정도여서, 부서원들도 친숙하고 업무의 속성도 크게 다르지 않다. 잠시 여름휴가 다녀온 사람처럼 일을 받았다. 열흘 전까지만 해도 회사일이라는 걸 일절 하지 않다가, 갑자기 회사에 출근하는 것만도 벅찬데 묵직한 일 뭉치까지 받은 느낌이다. 받은 일이 실제의 무게보다 무겁게 느껴지는 건 마음은 신입인데 직급은 대리이고, 의욕은 높은데 업무는 낯설기 때문일 것이다. 아예 신입이라면 스펀지처럼 모든 일을 '네, 제가 해보겠습니다!' 하고 받아들일 수 있을 것 같은데 그러기엔 이곳이 어떤 곳인지 알기 때문에 손들기 전에 잠깐 망설인다. 지금 내 마음은 이 의욕과 현실, 또는 의욕과 내 현재 능력치 사이에서 균형을 잡기 위해 열심이다. 천천히, 여유를 갖고 조급하지 않게 움직이려고 한다.

복직을 하며 마음먹었던 것 중의 하나는 회사를 다니기로 한 이상 지속 가능하고 무리하지 않는 선에서, 누구보다 나 자신을 위해 일하자는 것이었다. 그게 나를 위해서도, 회사를 위해서도 좋은 일이다. 휴직을 한 기간 동안 이 회사는 나와 관계없는 곳이었다. 여기에 다니는 수많은 사람들도 다 내게 아무 의미 없는 사람이었다. 회사는 내가 여길 다녀야 비로소 의미 있는 곳이 된다. 회사의 목적은 이윤을 추구하는 것이지만 회사를 다니는 목적은 내 행복이기에, 누구 때문에 일하는 것이 아니라 나를 위해 일해야 한다.

위빠사나 10일 명상에서 고엔카 선생님이 매일 지겹

도록 말한 것처럼 시간은 소중한 것이다. 주말뿐만 아니라 평일 또한 다시 돌아오지 않는 소중한 젊은 날들이다. 맑은 정신과 생기를 잃지 않고 하루하루를 소중하게 보내고 싶다.

예전에 읽었던 《서천석의 마음 읽는 시간》에서 가장 인상 깊었던 실험은 시카고 대학의 초코바 실험이었다. 참가자들은 즐거운 음악을 듣던 도중 '소음 버튼'을 눌러 듣기 괴로운 소음을 스무 번 들으면 그 대가로 한 개의 초코바를 받을 수 있었다. 본인이 획득한 초코바는 얼마든지 먹을 수 있었지만 남은 것을 들고 나갈 수는 없었다.

많은 실험자들은 자신이 필요로 하는 초코바를 이미 다 얻은 뒤에도 계속해서 본인의 휴식 시간을 희생하면서까지 초코바를 더 벌려고 했다. 초코바를 얻기 위한 게임 과정이 매우 고통스럽고, 남은 초코바를 밖으로 들고나갈 수 없는데도 그들은 계속해서 소음 버튼을 눌렀다. 이 실험은 인간의 열심히 일하는 이유가 합리성이 아니라 그저 관성에서 비롯된 것일 수도 있다고 말해준다. 주체적으로 본인의 일과 노동에 대해 상한선을 긋지 않는다면 나도 모르는 새에 맹목적인 일벌레, 돈벌레가 되기 쉽다. 나는 얼마나 주체적으로 그리고 얼마나 관성적으로 내 시간을 쓰고 있는지 생각해본다.

다시
돌아온 자

다른 생각은 다른 삶을 만든다

복직하고 돌아와 처음 찾은 여자 화장실 사물함에서 내 치약과 칫솔이 그대로 남아 있는 걸 발견했다. 다시 돌아오지 않을 생각이었다면 휴직하는 날 말끔히 치우고 갔을 물건이다. 칫솔은 누렇게 변색되어 있었고 제대로 뚜껑을 닫지 않은 치약은 입구가 말라 있었다. 혹시 누가 내 자리를 차지할까 싶어 야무지게 영역 표시까지 해둔 사물함을 보고 깨달았다. 아, 나는 돌아오고 싶었구나. 돌아올 생각이었구나.

예전과 너무나 똑같은 업무와 조직과 사람 속에서 언제 휴직을 했었나 싶게 다시 예전의 생활로 돌아가는 나를 본다. 이럴거면 휴직을 한 게 무슨 의미가 있었는지를 묻게 될 때, 대담한 휴직 끝에 더 대담한 선택을 내렸어야 했나 후회가 될 때, 나는 그 칫솔과 치약을 생각한다. 순진하게도 아직 이곳에 대한 애정을 갖고 있다. 치약과 칫솔을 둔 자리만큼의 애정일지라도. 그러니 돌아오는 것까지가 나의 계획이었다고. '돌아온 탕자'가 익숙한 환경을 다시 만나게 되었을 때 또 어떤 생각을 하고, 또 어떤 꿈을 꾸게 될지 보고 싶었다고.

그만큼 쉬었으면 뭔가 변화와 발전이 있어야 하는 게 아니냐며 가난한 마음이 '가성비'와 '본전'을 찾기 시작하면 쉽게 괴로워진다. 벌지 못했던 돈만큼, 낯선 나라를 돌아다녔던 날들만큼 더 멋진 사람이 되어야 하는 걸까. 바로 그 끊임없이 성장하고 진보해야 한다는 압박에서 잠시 벗어나고 싶어 멈춘 것인데.

마음이 조급해질 때면 휴직하고 들은 주역 수업을 떠올린다. 동양 철학을 통해 배운 것은 무형의 변화가 유형의 변화를 이끈다는 것이다. 흔히 봄을 새로운 시작의 계절이라고 생각하지만 그 변화의 씨앗은 겨울에 잉태된다. 겨울은 그저 춥기만 한 계절이 아니다. 눈 쌓인 가지 끝에서 봄에 필 꽃눈이 맺히고 꽁꽁 언 수면 밑에서 강물은 조용히 흐르며 봄을 기다린다. 변화는 보이지 않는 곳에서 시작하지만 적당한 계절을 만나면 보이는 것으로 물질화, 현실화된다. 다른 생각은 언젠가 다른 삶을 만든다.

그러니 조급해하기보단 매일 주어지는 하루를 성실하게 보낼 일이다. 그날그날 하루치의 일, 하루치의 삶,

하루치의 고민에 충실하다보면 또 다른 계절을 만날 수 있겠지. 최명희의 소설《혼불》에서 나오는 구절, '봄바람은 차별없이 천지에 가득 불어오지만 살아있는 가지라야 눈을 뜬다.'라는 말처럼 다만 깨어 있자고 다짐해 본다.

내가
기준이 되는
삶을 향해

복직 후 100일

나 자신의 선호와 감정에 예민해지려고 노력했던 휴직 생활에서 둔감이라는 두꺼운 등딱지가 필요한 회사 생활의 리듬으로 다시 돌아가는 것은 쉽지 않았다. 1년 사이 더 노련해진 동료들 사이에서 나는 혼자 신생아가 된 것 같았다. 몇 달 새에 나는 '굴러온 돌'로써 내 자리를 만들기 위해 여러 선택을 해야 했고 그때마다 나는 주판알을 굴려 최선의 선택을 내렸는데 이상하게 전혀 예상치도 못했던 곳에 도달해버린 것 같았다.

어느 날 출근 버스에서 굳이 안전벨트를 매고 싶지 않다는 생각이 들었다. 이렇게 사는 인생이 무슨 의미가 있나 싶었다. 답답함과 무력감 속에 깊은 물속에 잠겨버린 사람처럼 살았다. 드물게 공기가 좋은 날, 잠시 수면 위로 나와 오래 참았던 숨을 들이키며 알았다. 실은 그 선택지라는 것들 역시 남들이 내 손에 쥐어준 것일 뿐이었다는 것을. 나는 내가 원해야만 한다고 남들이 믿는 것들, 그 몇 개의 선택지 속에서 사려 깊게 답안을 고르는 모범생이었다.

휴직 기간 동안 평일 오후의 햇살을 받으면서, 한적한 주중의 거리를 걸으면서 나는 나 자신이 어떤 사람이고 무엇을 좋아하고 어떤 삶을 살고 싶은지 좀 더 잘 이해하게 되었다. 그래서 복직 후에 더 아팠던 것 같다. 이제 아픈데 괜찮다고 말할 수 없게 되었다. 더 이상 나 자신에게 거짓말을 할 수가 없었다. 왜인지는 모르겠지만 이건 내가 원했던 삶이 아니었다.

여러 사람에게 묻고 또 물었다. 네 인생에서 일과 회사 생활은 몇 퍼센트니? 놀랍게도 10퍼센트밖에 안 된다는 사람도 있었고 70퍼센트라는 사람도 있었고 평균은 4~50퍼센트였다. 놀라웠다. 나에게는 일이 거의 90퍼센트였기 때문이다. 나는 주어진 본업과 본분을 다하는 것이 90퍼센트를 차지하는 순진하고 건조한 인간이었다. 실은 취미도 워라밸도 필요가 없었는지 모른다. 맡은 일을 재밌게, 아주 잘하고 그 일로 사람들에게 사랑받고 인정받으면 그것만으로도 행복할 수 있었다. 그러니까 그 90퍼센트가 만족스럽지 않았을 때, 그냥 이 돈 안 받겠다는 마음으로 휴직을 할 수 있었던 것이다.

나의 90퍼센트를 차지했던 그 욕망의 대부분은 인정 욕구였다. 사실 무슨 일을 하느냐도 크게 중요하지 않았는지 모른다. 남들에게 착하고 유능하고 신뢰할만하고 매력적인 사람으로 보이고 싶었다. 지금 해저 구만리처럼 느껴지는 내 현재 상황이 A라고 치자. 거기서 토씨 하나도 틀리지 않은 상황 B를 설정하되 그 환경에선 모든 사람이 나를 좋아하고, 인정하고, 내가 최고이며 이 조직은 나 없이 안 돌아간다고 굳게 믿는다고 가정해보자. 나는 B에서 분명 뿅 맞은 듯이 행복할 것이다. 그걸 깨닫는 순간 웃음이 나왔다. 뭐야, 결국 그거였어? 내가 원했던 자아실현이, 결국 그거였구나.

내가 생각한 자아실현은 세상에 '잘 쓰이는' 것이었다. 그 욕망 자체에 문제가 있는 것은 아니다. 문제는 그 '기준'이 남들이 나를 어떻게 평가하느냐에 있었다는 것이다. 실제로 나의 목표는, 나의 기준은 남에게 나쁜 피드백을 듣지 않는 것과 좋은 피드백을 받는 것이었다. 휴직 기간 동안 아무도 나에게 뭐라고 하지 않았기에 나는 평화로웠지만 동시에 아무도 내게 흡족할 정도의 칭찬을 하지 않았기에 밍숭맹숭했다. 나는 일을 해야만 하고 그 일을 잘함으로써 활기를 얻는 사람이라고 생각하며 회사로 돌아왔다.

복직 후에는 그동안 받지 못한 인정을 얻기 위해 A를 만나면 A에 맞추고 B를 만나면 B에 맞추면서 나의 충전된 '싹싹함'에 감탄하며, 잘 살고 있다고 생각했다. 하지만 A, B, C, D……Z 까지 모든 사람에게 맞출 수는 없었기에 이내 관계 자체가 부담스럽고 힘들어졌다. 타인이 내게 원하는 것을 우선하다 보니, 쉬면서 자랑스럽게 정리한 나의 핵심 가치며 욕망들은 후순위로 밀리고 말았다.

이젠 타인의 평가가 아니라 내가 기준이 되는 삶을 살고 싶다. 그런 삶을 위해 반드시 퇴사를 하고 장기 여행을 가고 스타트업을 시작하는 것 같은 선택을 해야 한다고는 생각하지 않는다. 회사를 바꾸고 직업을 바꾼다고 해도 늘 평가의 기준이 타인에게 있다면, 늘 남에게 '좋아요' 도장을 받길 원한다면 달라진 삶이라고 할 수 없기 때문이다. 이제는 구체적인 직장, 직업과 직무보다 사는 방식과 가치관이 더 중요하다는 생각을 한다. 남들의 도장을 받는 게 아니라 내가 나에게 잘했다고 도장 찍어주는 삶, 남들이 좋아해주는 게 아니라 '내가 좋아하는' 삶으로 한 발짝 걸음을 옮기고 싶다.

초등학교 때였나, 어항이나 화분을 채우려면 가장 무겁고 큰 것, 예를 들어 큰 돌을 먼저 놓아야 한다고 배웠다. 그 다음에 큰 자갈과 가벼운 자갈, 무거운 흙과 가벼운 모래 순으로 채워나가는 거라고. 그래야 한정된 공간에 필요한 것들을 다 담을 수 있다고.

나에게 가장 무겁고 큰 것은 타인의 인정이었고 내가 수행해야 할 의무였고 사회에서 권하는 '하면 좋다'는 것들이었다. 그것들을 먼저 담다보니 내가 원하는 것, 나를 설레게 하는 것, 쓸모없는데 재밌어 보이는 것, 충분한 휴식과 자기 돌봄의 자리가 없어졌다. 나는 이제 그 어항의 배치를 조금씩 바꾸려고 한다. 그래, 어른들의 말처럼 하고 싶은 것만 하면서 살 수는 없겠지. 하지만 인생이란 어항에 가장 먼저 놓는 돌이 '남이 내게 원하는 것'이 아니라 '내가 하고 싶은 것'이었으면 좋겠다.

　나 자신과 내 욕망을 깊이 이해하는 것도 중요하지만 그 욕망을 현실 속에서 구현하고 밀고 나가는 힘 역시 중요하다는 것을 배우고 있다. 내 어항의 구성은 내가 정한다. 나 자신에게 가장 묵직하고 큰 것을 먼저 놓을 수 있는 용기와 뻔뻔함으로 매일을 살고 싶다.

복직한 지
1년이
되었습니다

지금은 못 하더라도 괜찮아

오랜만에 간 요가 수업에서 혼자 물구나무서기를 시도하다 실패했다. 선생님이 잡아주었는데도 목과 어깨 근육의 힘이 부족해서인지 휘청대며 중심을 잡지 못했다. 선생님은 "한동안 안 오셨더니 감을 잃었네요."라고 했다. 나도 그 사실을 알고 있었기에 더 슬펐다. 일을 시작한 이후로 야근과 회식과 일과 중에 쌓인 피로로 인해 점점 요가원에 가는 날이 줄어들었다. 1년 전보다 군살이 붙어 전에는 잘 되던 전굴 자세도 안 되고, 다리 뒷근육이 짧아져 다운독 자세를 하다가도 땀이 난다. 기지개만 켜도 우두둑 소리가 나는 평범한 직장인의 몸으로 돌아왔다. 몸이 유독 무거운 날에는 요가원에 가기 싫다. 그날도 그런 나를 잘 달래어 수업까지 갔는데, 전보다 못한다는 말을 듣고 나니 괜히 속상했다

조금 처진 마음으로 요가원을 나오면서 이른 봄밤의 공기를 맡았다. 겨울과 봄의 사이, 나는 재작년 이맘때 회사를 떠났고 작년 이맘때 다시 회사로 돌아왔다. 일단 돌아가서 1년을 지내보자고 생각했다. 그리고 스스로

약속한 1년이 지났다.

휴직 1년은 직장 생활을 하면서 잊었던 꿈과 이상들을 다시 생각해보는 과정이었다. 복직 후의 1년은 현실 속의 나를 인정해가는 과정이었다. 조직에 속해 일을 하게 된다면 어쩔 수 없이 감수해야 하는 것들이 있다는 것을 비로소 받아들이게 되었다. 나의 많은 욕구들을 하나의 직장, 하나의 일이라는 그릇 안에 다 담을 수 없다는 것도 알게 되었다.

나는 나와 타인 사이의 경계, 나와 내 일 사이의 경계가 없는 사람이었다. 그래서 남들의 기대와 평가를 여과 없이 그대로 받아들여 스스로를 힘들게 했다. 내가 하는 일이 곧 나라고 생각했기 때문에 성과를 내지 않으면 나라는 존재가 의미가 없다고 생각했다. 하지만 이제는 나와 나 아닌 것 사이의 경계를 세워가는 감각을 조금씩 익혀가고 있다. 남의 기대는 남의 기대일 뿐 내가 반드시 충족시켜줘야 할 필요가 없다는 것을 매일 마음에 새긴다. 우리는 모두 완벽하게 다른 존재이니까, 저 사람이 반드시 나를 이해해줄 필요도 없고 나도 누군가가 이해가 안 간다고 길길이 날뛸 필요가 없다.

내가 하는 일이 곧 나는 아니라는 것, 나는 내가 하는 일보다 더 크고 다채로운 존재라는 것은 가장 큰 발견이었다. 늘 유용한 인간이 되기 위해 애써왔지만, 내가 가장 편안하고 행복했던 순간은 내가 최고로 유용하게 쓰이는 순간이 아니었다. 맛있는 음식을 먹고 좋은 사람들과 대화하고 멋진 음악을 듣고 추우면 추운 대로 비 오면 비 오는 대로 날씨와 계절을 느끼는, '쓸모없는' 시간들이 가장 즐거웠다. 이제는 그런 무용한 순간들을 누리기 위해 돈을 벌고, 딱 그만큼만 유용해지면 된다고 생각한다. 나의 유용함을 증명하려 애쓰기보다는 무용한 것들을 마음껏 즐길 수 있는 사람이 되고 싶어졌다.

예전만큼 자주 요가를 가진 못하지만, 가끔 가서 내 몸 상태를 확인하고 오는 데 의의를 둔다. 아이쿠, 그새 몸이 또 굳었네. 오늘은 보고서를 열심히 썼더니 어깨가

특히 아프구나! 하면서. 동작을 멋지게 하는 것도 좋지만 호흡에 집중하면서 움츠러든 몸을 쭉쭉 펴주는 것만으로도 의미가 있다고 생각한다.

전처럼 시간을 내어 명상을 하지는 않지만, 내가 숨을 꽉 참고 있다고 생각되는 순간, 상사의 피드백을 듣는 순간이나 긴장되는 발표를 앞둔 순간에 의식적으로 숨을 쉬려고 노력한다. 다섯을 세면서 들숨을, 또 다섯을 세면서 날숨을 쉰다. 고성이 오가는 정신없는 회의실에서도 이 방법이면 나는 평화로워질 수 있다.

지금은 긴 글을 쓰지는 못하지만, 하루를 마치기 전 짧은 일기를 남긴다. 많은 사람들이 내게 휴직 기간은 다시 오지 않을 소중한 시간이라며, 하루하루 소중히 즐겁게 보내라고 말해주었다. 하지만 사실 회사를 다니는 날들 역시 다시 오지 않을 소중한 시간이다. 지나가면 다시 오지 않을 오늘을 기록하고 기억하려 마음을 쓴다.

여전히 책을 읽는다. 우연히 고른 책에서 내가 꼭 듣고 싶었던 말들을 만난다. 책의 모서리를 접고 밑줄을 치면서 그 말들의 손을 꼭 붙잡고 하루를 산다.

> "무엇을 하고 싶은지 할 수 있는지, 자신에게 필요한 것은 무엇인지, 꿈에서 그치지 않고 현실에서 이루려면 어떻게 해야 하는지 이런 것들을 매번 생각하고 실천하는 과정이 삶을 결정짓는 중요한 부분 아닐까요."
>
> — 이사 토모미, 《여자, 귀촌을 했습니다》

다시 돌아와 1년을 일해본 지금은 한 살이라도 어릴 때 일을 쉬어보길 잘했다고 생각한다. 한 살 한 살 나이를 먹을수록 내가 지금 앉아 있는 자리의 편함을 알게 된다. 지켜야 할 사람들이 늘어나서, 앉은 자리에서 엉덩이를 떼기가 점점 더 어려워진다. 남들이 다 일할 때 나만 쉬겠다고 손 드는 것은 사실 꽤 힘들고 에너지가 필요한 일이다. 주변 사람들만 불편하게 하는게 아니라 나 자신도 불편하게 만드는 일이다. 그러니 그 불편을 감당할 수 있을 때, 그리고 그렇게 하고 싶을 때 '일단 멈춤'을 저지른 것은 아주 잘한 일이었다고 생각한다.

휴직하기 전에 걱정했던 일들은 2년의 시간이 흐른 뒤에 다시 보니 별로 걱정할 가치가 없는 일들이었다.

상황은 계속 바뀌고, 내 주변의 사람들도 바뀌고, 나도 달라진다. 너무 먼 미래까지 계획을 세워 대비하려는 태도는 그 당시에는 합리적이라고 생각했지만 돌이켜보면 나를 힘들게만 할 뿐이었다. 고민하는 데에는 큰 에너지가 든다. 이럴까 저럴까 고민하면서 나를 괴롭힐 에너지를, 차라리 어느 쪽이든 얼른 결단을 내리고 내 결정을 좋은 결정으로 만드는 데에 썼다면 더 좋지 않았을까.

어찌 되었든 일을 쉬게 되면 한 번도 쉬지 않고 달려가는 사람들과 비슷한 속도로 가는 것은 포기해야 한다. 1년을 놀았으니 이제 동기들과 같은 시기에 진급하는 것은 불가능해졌다. 불안이 찾아올 때마다 '인생은 속도보다는 방향'이라는 말을 떠올린다. 언제 뭘 하고 언제 뭐가 되어야 한다는 회사의 속도, 세상의 속도에 내 인생을 맞추는 게 아니라, 내 인생 계획에 맞게 일과 회사를 배치하는 게 맞다는 생각이 든다. 사람이 일이나 회사보다 더 큰 존재가 아닌가, 그래야 하는 게 아닌가, 라는 배짱이 생겼다.

1년 전만 해도 대책 없이 쉬었다가 변화 없이 다시 있던 자리로 돌아가는 것이 가장 두려웠다. 하지만 이제는 같은 자리에서 같은 일을 하더라도 충분히 다를 수 있다고 생각한다. 같은 층에서 비슷한 일을 하는 수많은 사람들이 사실은 저마다의 서사를 갖고 저마다의 목표를 따라 움직이고 있다는 것을 알게 되자 회사가 덜 두려워졌다. 내가 오늘 하루 어떤 기준을 세워 살려고 하는지, 내 인생 전체를 통해 어떤 이야기를 써보고 싶은지가 남들이 나에게 붙여주는 이름보다 더 중요하다고 믿는다.

　두려움을 이기고 내가 나에게 1년이나 쉴 기회를 줘봤다는 것이 나에겐 누구에게도 말하지 못하는 작은 자랑이다. 이제 다시 일요일 밤마다 월요일이 두려워 한숨을 쉬는 평범한 직장인의 자리로 돌아왔지만, 이곳에서 또 다른 나만의 이야기를 그려나갈 수 있기를 바란다.

쉬는 것이
일하는 것보다
더 어려운 당신에게

　거창하게 이름은 붙였지만 사실 저도 쉼에 있어서는 초보입니다. 하지만 다음에 쉬게 되면 더 잘 쉴 수 있을 것 같습니다. 휴직 기간을 보내며 느끼고 배운 것들이 있습니다. 휴직을 하기 전에 누가 이런 말들을 해주었더라면 조금 덜 불안했겠다 싶었습니다.

　좁은 의미에서 '휴직'은 보통 공무원이나 회사원이 그 신분을 유지하면서 쉬는 것을 말합니다. 하지만 좀 더 넓은 의미에서 '휴직'은 모든 자발적인 멈춤의 시간을 일컬을 수 있을 것 같습니다. 학생은 학업을, 직장인은 일을, 자영업자는 가게 문을 열기를 잠시 중단하는 것. 일정 기간 동안 일을 하지 않으면서, 내가 해왔던 일과 나 사이에 거리를 둬보는 경험. 내가 하는 일이 곧 나라고 여기는 세상에서 사람들은 일을 쉬는 시기를 '공백기'라고 부르며 불안을 조성하지만, 저는 이 시간을 인생에 꼭 필요한 여백의 시간이라고 부르고 싶습니다. 이 글이 퇴사, 휴직, 그리고 그 외 모든 형태의 여백의 시간을 계획하고 계신 분들에게 '저 사람은 저렇게 해봤는데 어땠다더라' 정도의 가벼운 참고 거리가 되었으면 좋겠습니다.

먼저, 잘 선택하셨습니다.

사실 저는 쉬어도 괜찮다는 말을 가장 듣고 싶었습니다. 늘 안정적인 궤도안에 속해온 저는 잠깐 그 궤도를 벗어나는 것이 무척이나 두려웠습니다. 금수저가 아니기에 돈을 벌지 못하는 것에 대한 압박을 내려놓는 것도 힘들었습니다. 다른 사람들의 기대를 저버리는 것이 두려웠습니다. 제가 그냥 회사를 쭉 다니면 저 빼고 모두가 행복했습니다. 하지만 그럼에도 잠깐 여기서 멈춰야겠다고 생각했습니다. 그래야 살 것 같았습니다.

정신과 의사 정혜신은 이를 '임신부 식성론'이라고 부릅니다. 사람은 자기 자신에게 가장 필요한 것이 무엇인지 안다는 것입니다.

누군가 어떤 결정을 한 데는 다 그만한 이유가 있게 마련입니다. 그런 까닭에 제가 심리적 영역에서 가장 자주 입에 올리는 말은 '임신부 식성론'입니다. 말은 거창하지만 간단한 얘기입니다. 임신 후 갑자기 먹고 싶어지는 음식은 현재 내 몸에 가장 필요한 것입니다. 내 몸에 필요한 것이 자동적으로 당기는 것이지요. 그걸 먹으면 됩니다. 그게 지금 나와 태아에게 가장 필요한 것이니까요.

자기 결정에 불안해하고 그 결정을 확인받고 싶은 간절함에 외로운, 모든 이들에게 무한의 지지와 격려를 보냅니다.

당신이 늘 옳습니다.

- 정혜신 · 이명수, 《홀가분》

어려운 결정을 내린 당신에게 잘 선택했다고, 쉬어도 된다고, 당신이 늘 옳다고 말해드리고 싶습니다.

휴식은 그 자체로 가치가 있습니다.

쉬고 싶어서 퇴사나 휴직을 감행하셨다면 정말로 그냥, 쉬시면 됩니다. 휴식은 그 자체로 충분한 가치가 있습니다. 게임에서도 HP를 충전하는 것이 중요하지요. 지금을 회사 생활에서 고군분투하느라 바닥난 HP를 회복하는 기간이라고 생각합시다. 쉴 때 잘 쉬어야 다시 일어나 걸을 수 있습니다.

산티아고 순례길 첫날 피레네 산맥을 넘으며 할아버지 한 분을 만났습니다. 할아버지에게 회사를 휴직하고 순례길을 걸으러 왔다. 내가 잘하고 있는 것인지 잘 모르겠다고 하자 그는 이렇게 말했습니다.

"그냥 남들처럼 회사 다니고 비슷한 일상을 누리면서 살 수도 있었겠지. 그것보다 네가 더 바랐던 건 뭐야?"

그때부터 '더 바라는 것'이라는 말이 귓가를 맴돌았습니다. 순례길 이후의 시간은 '나는 무엇을 더 바란 것일까? 내가 더 원했던 그것은 무엇일까?'를 끊임없이 묻는 시간이었습니다.

그리고 알게 된 것은 사실 나는 큰 변화와 모험을 원했던 것이 아니라는 것입니다. 제가 진정 원했던 것은 내가 속한 곳에 깊이 뿌리내리는 것, 내가 가진 것의 가치를 알고 그에 만족하는 것, 하루하루 일상에 기쁨을 느끼는 것이었습니다. 그걸 위해 파랑새의 모험 같은 이 시간이 필요했고요.

우리는 자신이 정말 무엇을 원하는지 알기 어렵습니다. 우리는 대개 동시대에 가장 유행하는 가치를 추구하며, 내가 속한 집단 내에서 가장 보편적이고 바람직한 사람이 되고 싶어합니다. 그렇기 때문에 내가 이 안식기를 통해 진정으로 원하는 것이 무엇인지 스스로에게 물어보는 시간이 필요합니다. 이 시간이 어떤 시간이면 좋겠는지, 이 시간을 통해 어떤 모습이 되고 싶은지 몇 마디로 정리해보는 것도 좋습니다. 저는 이 기간을 '앞으로 살아갈 날들에 대한 영감과 에너지를 얻는 시간, 쉽게 물들지 않도록 자기중심을 바로 세우는 시간'이라고 이름을 붙였습니다. 그리고 이 기간이 끝난 후 되고 싶은 나의 모습을 그것이 이미 이루어진 것처럼 미래 일기 형식으로 적어보았습니다. 이 두 가지는 다른 사람들의 말과 평가에 마음이 흔들릴 때, '남의 기준'에서 '나의 기준'으로 돌아오는 데에 큰 도움이 되었습니다.

버킷리스트는 가볍게

쉬면서 하고 싶은 버킷리스트가 있으신가요? 이미 작성하신 목록이 있다면 그 중에서 다섯 가지 정도만 남기고 나머지를 지워버리길 추천합니다. 지우는 게 아깝다면 꼭 하고 싶은 일 다섯 가지와 시간이 남으면 할 일 다섯 가지 정도로 묶는 것도 좋습니다.

일을 하지 않으면 시간이 무한대로 많아질 것 같지만

실은 생각보다 많지 않습니다. 회사를 다니든 회사를 다니지 않든 일상의 몇십 퍼센트는 밥 먹기, 자기, 화장실 가기와 같은 권태로운 일상으로 채워집니다. 그리고 회사를 다니지 않으면 회사를 다니면서 무시할 수 있었던 많은 일들을 스스로 처리해야 합니다. 예를 들어 평일 점심 식사나 집안일 같은 것들이요. 가정이 있으신 분들이라면 집안일의 무게가 회사를 다닐 때보다 더 크게 다가옵니다.

이런저런 일들을 하다 보면 뭘 한지도 모르게 하루가 가기 쉽습니다. 백수가 과로사한다는 말이 괜히 나온 것이 아닙니다. 많은 것을 했다고 시간을 알차게 보내는 것이 아닙니다. 나 자신에게 가장 중요한 것을 하는 것이 중요합니다. 그러므로 가장 중요한 것 몇 가지를 추려내시길 권합니다.

목표는 측정 가능하게

확실한 목표가 있으시다면 그 목표가 잘 시행되었는지 측정할 수 있는 지표를 만들면 좋습니다. 회사에서 사용하는 관리 지표인 KPI^{Key Performance Indicator}를 적용하는 것도 방법입니다. 회사를 나온 마당에 뭘 이렇게까지 해야 하나 싶을 수 있습니다. 하지만 숫자로 된 목표가 있다는 것은 생각보다 사람의 마음을 편하게 만들어 줍니다.

쉬면서 새로운 사람을 많이 만나고 싶다면 일주일에 한 번 새로운 사람 한 명과 이야기를 해보기, 영어 공부를 하고 싶다면 매일 다섯 개의 새로운 문장 패턴을 암기하는 것과 같이 목표를 수치화하는 것이 좋습니다. 목표는 있는데 구체적인 목표가 없으면 뭔가 열심히 하는 것 같은데도 늘 목표에 미달한 것 같은 느낌을 갖게 됩니다. 출근과 퇴근이 없는 삶이 행복할 것 같지만, 되려 일과 휴식의 경계를 모호하게 되어 늘 뭔가를 해야 할 것 같은 압박감에 시달릴 수도 있습니다. 심플한 일상을 위해 목표의 수치화가 필요합니다.

할 수 있는 환경을 만들기

회사원의 경우 재직 기간 동안 회사에서 강제적으로

부과한 리듬에 익숙해져버렸기 때문에 본인의 시간관리 능력을 과대평가하기 쉽습니다. 이제 우리에게는 옆에서 실적 보고를 재촉하는 상무님이 없습니다. 대학교 때 방학을 얼마나 알차게 보냈는지 생각해보세요. 그 정도가 원래의 자신이 무리하지 않고 할 수 있는 수준입니다.

본인의 자기 관리 능력을 크게 신뢰할 수 없다면 환경을 바꾸어야 합니다. 즉 돈을 써야 합니다. 운동을 해야겠다고 생각하면 일단 운동 센터에 등록을 하는 것이 좋습니다. 공부를 해야 한다고 하면 도서관이나 독서실, 공부하기 좋은 카페에 몇 시부터 몇 시까지 있자고 계획을 세워야 합니다. 이직을 생각하고 있다면 해당 업계의 사람을 많이 만날 수 있는 곳을 찾아가야 합니다. 정말 푹 쉬고 싶은데 같이 사는 가족에게 눈치가 보인다면 '제주도 한 달 살기'처럼 예산이 허락하는 한도 내에서 아예 거주 환경을 바꾸는 것도 방법입니다.

돈을 벌지 않고 있는 것에 대해 불안해지기 쉽습니다. 불안해할 필요가 없습니다. 부모님께 물려받을 것이 많은 사람이 아니라면, 우리는 어차피 평생 돈을 벌어야 하는 인생들입니다. 그러니 돈을 못 번다고 걱정하지 맙시다.

열심히 돈을 벌면서 잃었던 것들이 분명 있었을 겁니다. 몸과 마음의 건강, 가족과 보내는 시간, 문화 예술을 향유하는 여유 등등이요. 지금은 그때 잃었던 것들을 충전하는 시간입니다. 지금 우리 손에 있는 것을 충분히 즐겼으면 좋겠습니다. 수고한 자신에게 충분한 시간을 줄 수 있었으면 좋겠습니다.

졸업 후 공백기 없이 취직이 되어야 한다. 첫 직장은 적어도 3년은 다녀야 하며 그만둘 때 '대안'을 찾고 그만둬야 한다. 승진도 결혼도 출산도 다 적합한 때가 있다고 굳게 믿는 한국 사회에서, 남들이야 어떻든 나는 내 속도로 가겠다고 손을 든 당신을 응원합니다.

그럼에도 불구하고 잠시 멈춤을 선택한 당신, 아직

쉬는 것이 되려 어려워 불안할 당신에게 저의 이야기를
나누어드리고 싶었습니다.

감사합니다.

오늘부로 일 년간 휴직합니다